그 눈동자

김영수 장편소설

문학공원 소설선 41

그 눈동자

김영수 장편소설

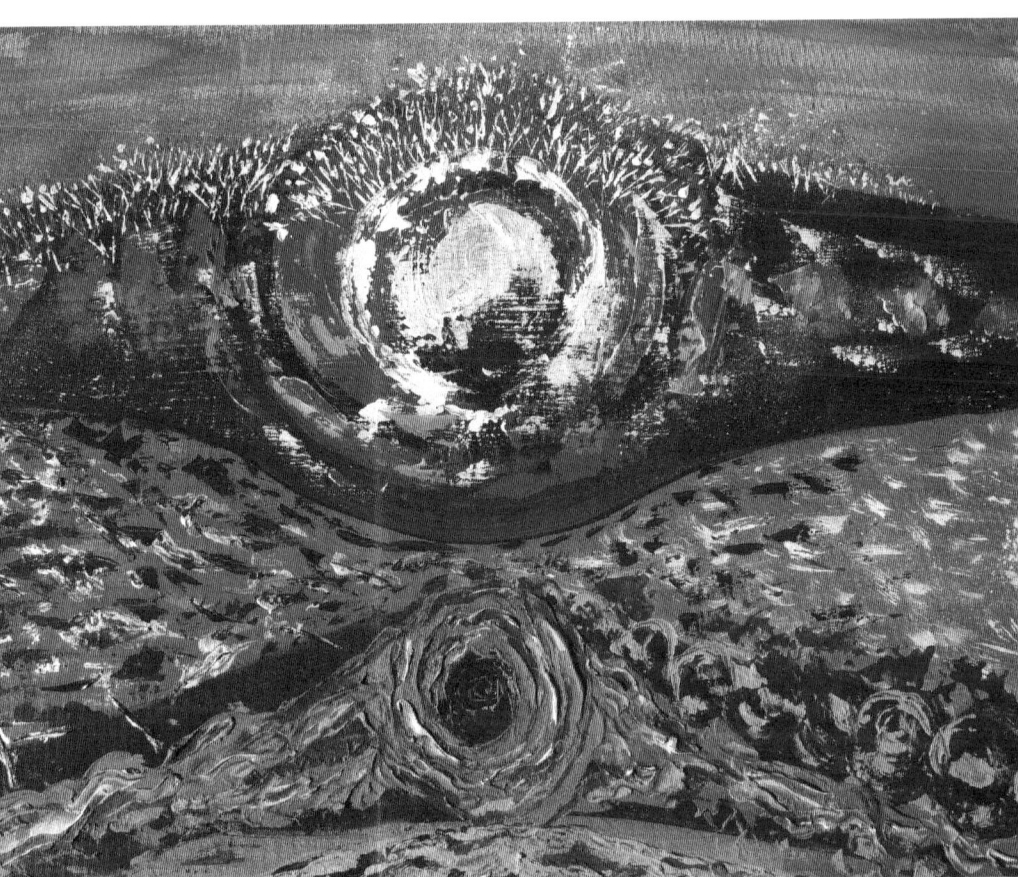

문학공원

<프롤로그>

이 글을 읽으실 분들께 드리는 글

세상에 해야 할 이야기가 있었습니다. 하지 않으면 무엇인가 이 세상에 대해 내가 해야 할 책임을 다하지 못한다는 절박감 같은 것도 들었습니다. 작년 오랫동안 치매를 앓던 처가 세상을 떠난 후 살아있다는 것과 죽었다는 것 중 어느 것이 우주와 합치되는 본래의 모습인지 모르게 되었습니다. 삶과 죽음을 넘나들며 열린 듯 닫힌 우주의 문을 두드리게 되었습니다. 잠시 잠시 열린 듯 하는 순간 그 문안 쪽이 얼핏 보인 듯도 하였습니다. 나의 이 우주와의 소통 기록들은 그 몽환성으로 인해 소설이라는 형태가 아니면 도저히 설명할 수 없는 어떤 것들이었습니다. 그럼에도 나에게 있어 이 기록들은 전부 현실입니다. 시간과 공간이 사라지고 삶과 죽음이 한 선상에 있기는 하지만 나는 이 기록이 가장 진지한 인간적 기록이라고, 내가 홍익인간의 심정으로 세상에 남기고 싶은 나의 매우 특별한 경험이라고 얘기할 수 있습니다.

2025. 늦가을 산속 암자에 있는 심정으로

김 영 수 올림

<서문>

한 시대를 풍미해온 작가이자
한 여자를 온전히 사랑한 사람

김 순 진 (소설가 · 문학평론가)

　김영수 작가가 또다른 장르의 책을 펴내고 있다. 이름하여 장편소설! 그는 그동안 『내가 본 네모진 하늘』을 시작으로 『속, 해안선에 남겨진 이름들』까지 7권의 여행기를 집필하여 독자들에게 여행작가라는 이름을 각인시켰다. 그리고 시집 『지금 내 눈앞에 조용히』를 비롯해 『있는 것과 없는 것』, 『탐라의 하늘을 바라다보면』, 『새 한 마리 날아오르다』를 펴내며 시인으로도 상당한 독자를 확보하며 성공을 거둔 바 있다. 이어서 그는 미국에 사는 누님이신 김영란 작가의 영문소설 『100년 동안의 폭풍우』를 우리말로 번역하여 출판함으로써 번역가로도 당당히 이름을 올렸다. 이번에 장편소설『그 눈동자』를 펴냄으로써 소설가로 이름을 올리는 한편, 다양한 장르를 소화해내는 멀티플레이어 작가가 되셨다.
　이로써 김영수 작가의 필력은 완성을 보는 셈이다. 게다가 이 소설 중간중간에 피력된 그의 내공은 이웃이 붙여준 '성철 스님'이란 별칭이 타당하리만치 대단한 내적 아우라를 지닌 글이 곳곳에서 발견된다. 일편단심으로 아내를 사랑하고, 그녀를 흐렸다가 맑았다가 바람불었다가 하는 하늘 같은 존재로 삼아 그런 환경에 순응하고, 어떻게든 그 하늘 아래서 함께 살아가려는 자세는 과히 팔순의 필객이 쌓아올린 인내와 봉사의 발현이라 해도 과언이 아니다.

이 책이 단순히 장편소설의 의미만을 지니지 않는다. 그동안 김영수 작가를 알고 그를 지켜봐온 사람이라면, 그의 아내를 위한 희생과 사랑은 각박해져가는 사회에 아내에 대한 책임과 숭고한 사랑에 대한 경종을 울리고도 남음이 있었다. 그리고 이 장편소설 『그 눈동자』는 아내 캐어를 통한 눈물겨운 체험스토리의 육화과정과 개인 그림 전시회에 찾아온 애인이란 소설적 상상력을 통해 한 남자가 겪는 또다른 흔들림을 통해 자숙하고 성찰하려는 인간적 고뇌를 조명해낸다.

나는 지금 한 작가의 인생마무리를 보고 있다. 지난 10여 년 동안 치매 걸린 아내를 캐어하며 양평으로 인천으로 제주로 생활 터전을 옮겨다니며 오직 아내의 병간호에 집중해온 김영수 작가가 폐암에 걸렸다는 것은 정말 하나님을 원망할만큼 불공평하다. 그동안 수고하셨으니 마음 놓고 글도 쓰고 그림도 그리고 성악도 배우시게 놔뒀으면 좋으련만, 하늘도 무심하시지 그를 데려가려 하고 있다. 하나님께서 그의 건강을 허락해주셔서 그가 또다른 집필을 할 수 있도록 간절히 기도드린다.

그 눈동자

김영수 장편소설

1.

그날 아침도 나는 식사 준비 도중에 시간이 되어 자고 있던 숙을 깨우러 갔다. 숙은 잔잔하게 눈을 뜨고 있었다. 그날 이후에도 그 순간 보았던 눈동자가 계속 문득문득 떠오른다. 마치 제주의 하늘 속을 들여다보듯 한없이 깊고 투명하기조차 했던 눈동자에서는 밝은 빛이 흘러나오고 있었다. 깨어 있는 줄 알고 "여보 일어나자!" 하며 평소처럼 등에 팔을 밀어 넣고 일으켜 세우는데 목이 축 늘어진다. 그제서야 눈동자가 안 움직이고 있었던 것 같다는 생각이 들어 여보여보 부르며 호흡이 있는지 알아보려고 코에 내 얼굴을 가까이 대 보았으나 조용할 뿐 잘 알 수가 없어 이번에는 맥박을 잡아 보았지만 역시 느낌이 없었다. 마치 깊은 바다의 고요함처럼, 숙은 그렇게 갔다. 그날 그 눈빛은 무엇을 말하려 했을까? 세상을 떠나는 이들은 다 그런 눈인가? 사랑함을 이야기하는 것같이 따스하기도 했고 "여보! 고생했어! 약속을 지켜주어서 고마워, 먼저 가 있을게." 말하듯 정을 품은 잔잔한 눈 같기도 했다.

한마디로 말하면 그 눈은 모든 고뇌의 사슬로부터 해방된 이의 눈빛이었다. 바로 자유를 찾은 사람의 눈빛이랄까! 왜 자유를 느꼈을까? 나에게서 벗어나는 것이 곧 자유였었나? 나는 그날 그 눈빛이 말하고자 했던 것이 무엇이었는지 그 해답이 필요했다. 그 숙제를 푸는 일은 나의 남은 인생의 좌표와도 관련이 있는 것이었다. 내가 세상을 떠날 때도 그런 눈으로 말하고 갈 수 있을까? 그 눈은 천국에 간 사람의 눈이었을까? 그렇다면 천국이 정말 있는 것인가? 다른 사람들은 어떤 눈으로 말하고 갔을까? 나의 탐사 여행은 이렇게 시작되었다.

2.

장례가 끝났다. 집으로 왔다. 거실 의자에도 안방 침대에도 있던 사람은 없었다. 밖으로 나갔다. 같이 오르기 연습을 하던 계단에도, 부축하며 걷던 공원 길에도 아무런 흔적이 없다. 마치 한 마리 새가 이곳에서 저곳으로 옮겨 가듯이 흔적 없이 떠나간 것이다. 숙과 같이 갔으나 걷지 못하던, 숙이 있어 오르지 못했던 붉은 오름의 정상에 올랐다. 멀고 가깝게 이런저런 모습의 오름들이 옹기종기 모여 있는 전망을 보며 '아! 오름들에 오르고 싶다.'는 생각을 하고 있는데 검은 제비나비들이 춤추며 나를 에워싸온다. 이십여 년 전 어머니상을 치루고 슬픔에 젖어 집 정원에 앉아 있을 때 돌연 나타나 나를 에워싸오던 하얗고 작은 나비들의 군무를 본 일이 있었는데 이번에는 커다란 검은 나비들의 군무를 보게 된 것이다. 숙이 나비가 되었나? 제주에 온 후 한 번도 본 일이 없었던 이 검고 커다란 나비들이 다시 태어난 숙의 환생의 모습이라는 말인가?

나비를 보다

여보! 화려한 나비가 되었구려
여보! 여보! 내 부름이 들리오?
나라는 족쇄에서 벗어났으니 좋소?
훨훨 날아 마음껏 우주를 유영하시오

영실 코스로 윗세오름까지 갔다. 계절마다 와봤지만 항상 등산로 입구에서 발길을 돌려야 했던 윗세오름, 오늘 그곳에 오른 것이다. 오백 장군의 전설과도 닿아 있는 오백나한상이 있는 계곡에 도착했다. 마치 세상의 시작점인양 저 멀리 밑으로 무한히 멀어져가는 계곡은 온갖 형태의 오름들이 전설처럼 엮이어 있었다. 고사목이 된 주목의 벌을 지나니 붉은 철쭉들이 하나둘 등장한다. 이내 흐릿한 조릿대 벌판 저 멀리 몽롱한 빛을 띄우며 전설 속 이야기처럼 철쭉의 무리들이 떼지어 여기저기 등장한다. 무한대의 우주가 눈 앞에 펼쳐진다. 윗세오름 휴게소에 올랐다. 그곳에서 눈에 들어온 불꽃이 이는 듯한 화산구 남서쪽 벼랑의 위용은 가슴이 저려올 정도로 놀라웠다. 사진을 찍는다. 그러다가 돌연, 이 사진을 숙에게 보낼 방법이 없다는 현실에 부딪힌다. 어떻게 해야지 어떻게 해야지 하다가 눈물이 주르르 흘러내린다. 걷기가 힘들었던 숙을 어렵게 부축하여 등산로 입구 부근까진 왔었으나 계단을 만나 항상 뒤돌아가야 했던 영실 코스가 이토록 장엄하게 아름다웠다는 것이 나를 슬프게 한다.

님은 가시고

떠나면서도 감질 못하고 열려있던 눈
깊은 호수같이 투명하던 님
눈으로 얘기하며 갔다

잘 있으라고 이제 편안히 간다고, 고맙다고
그 얘기하려고 두 눈을 뜨고 갔나 보다
여보! 왜 눈물이 나지 자꾸자꾸?

나를 떠나는 것이 좋았었나 보다
그러기에 그토록 맑게 웃으며 갔지
더 빨리 놓아 줄 것을 더 이른 시기에
잘 때도 '여보! 잘자.'하지 말고
깨어서도 '잘 잤어.'하지 말 것을
숲속을 걸으면서도 '여보! 좋지?'하지 말고
좀 더 일찍 가게 해 줄 것을, 좀 더 일찍
끝없이 스톡킹하는 나 때문에 떠나지 못했었나 보다

영실 윗세 오름에서 천국 사진 몇 장 찍었는데
보낼 방법이 없네 아무리 생각해도 당신에게

3.

　2년 전 제주에 내려올 때 숙은 이미 걷기를 힘들어했다. 사람들은 장애인용 휠체어를 태우라고 했지만 걷지 않으면 죽는다고 생각했던 나는 부축하며 걷기운동을 시켰다. 집 주변 공원을 걷고 층계를 오르고 내리고 하며 1년 정도 하였더니 많이 좋아져서 동네 사람들이 놀랄 정도로 좋아졌다. 층계를 한 칸 오를 때마다 박수를 치며 기뻐했고 숙도 기뻤는지 힘을 더 냈다. 제대로 서지도 못했던 사람이 허리를 펴고 걸으니 그야말로 나의 제주 이주 작전이 성공한 셈이어서 속으로 10년은 더 버틸 수 있겠지 싶었다.
　그러나 바로 그때였다. 어느 날 숙을 부축하며 마트에 들어섰는데 이상하게 그날따라 걷지를 못하고 자꾸 쓰러진다. 지나가던 직원들이 보고 놀라 휠체어를 가지러 뛰어가고 나는 힘에 겨워 소리를 지르고 드디어 경찰이 출동하는 사태가 벌어졌다. 결국 휠체어에 앉히고 장을 본 후 집에 왔다.
　다음 날 아침이었다. 침대에서 일으켜 세우는데 힘이 하나도 없었다. 평소처럼 화장실 변기 위에 앉히니 축 늘어진다. 놀라

119에 전화하여 도움을 청했다. 의료원 응급실에 갔다. 의사가 보더니 위독하다고 중환자실에 입원시킨다. 이렇게 해서 숙의 첫 번째 입원이 있은 후 1년여 기간 동안 여러 차례 더 입원 퇴원이 반복되게 되었다. 첫 번째 입원 시 진단은 폐혈관 폐색증이었다. 운동이 부족한 사람들에게 나타나는 혈액이 떡처럼 되는 증세로서 폐로 들어가는 혈관이 막히는 현상이라는 것이다. 퇴원할 때 의사가 약을 처방해주며 "피를 묽게 하는 약인데 아마 평생 먹어야 할 듯합니다. 콩팥에 악영향이 있을 것입니다."라고 했다.

1차 입원 후 얼마 지나지 않았을 때 해군 동기가 주동이 된 농어촌의료봉사단이 성산 쪽에 왔다. 친구를 만날 겸하여 숙을 차에 태우고 간 후 휠체어에 앉혀 현장에 들어갔더니 의사가 대뜸 보고 진료실로 데려간다. 그러더니 나에게 묻지도 아니하고 침을 꺼내 정수리, 목 등 몸 여기저기에 침을 꽂는다. 그러더니 일어나 보라 한다. 그때만 해도 부축을 받으면 조금씩 걸을 때였다.

그날 역시도 조금씩 발을 떼었다. 의사는 박장대소를 하며 "그렇지 그렇지, 잘 했습니다."라 했다. 그리고는 집에 왔다. 그런데 그다음 날부터인가 갑자기 걷지를 못한다. 자세히 살펴보니 발이 꼬이는 것이었다. 한편 발이 다른 편 발 앞으로 돌아가기 때문에 걸음을 뗄 수가 없는 형국이었다. 이것이 침 때문인지 아니면 병이 진행되는 뇌축소현상인지 알 수가 없었다. 병원엘 다시 갔다. 신경과 의사는 이제 "손도 꼬일 것입니다. 공 같은 것을 자꾸 손에 쥐어 주세요."라 한다. 제일 문제는 도무지 목욕을 시킬 수 없는 것이었다. 평소에는 샤워할 때 서 있으면 내가 물을 뿌려주어 일을 마무리 하고는 하였는데 발이 꼬인 후로부터는 도무지 서질 못하니 샤워를 시킬 수가 없었다. 방법을 찾아보니 장애인용으로 앉아서 목욕하는 의자가 있기에 하나 사서 욕실에 들여놓았다. 의자가 몸에 맞지 않아 자꾸 몸이 미끄러지는 현상이 있었지만 그런대로 샤워하는 일은 진행되었다. 너무 말라서 엉덩이가 작아졌기에 의자 크기와 맞지가 않았던 것이다. 그걸 매일 보며 '이렇게 죽어 가는구나. 다만 언제일지가 문제이구나.'하는 생각이 들어 쓸쓸해지곤 하였다.

처음 입원했을 때 처방되었던 약을 먹기 시작한 후 나타나는 현상은 다리가 점점 심하게 부어오르는 것이었다. 손도 퉁퉁 부어올랐다. 치매약 때문에도 부어오르던 다리가 더욱 눈에 띄게 부어오르는 것이었다. 치매약을 끊고 그 약만 먹었다. 당장 혈관 막힘만은 막아야 하겠기에 그 처방 약을 안 먹일 수는 없었다. 콩팥 때문에 돌아가신 장모가 생각난다. 하루 종일 옆에 앉아 다리와 손을 주무르는 일이 주요 일상이 되었다. 일주일에 세 번, 하루 두 시간씩 오는 요양 보호사에게도 주물러 달라고 부탁을 해도 이 요양 보호사는 "제가 힘이 없어요"하며 청소만 한다. 덕분에 집은 깨끗해졌으나 부기로 인한 내 걱정은 사라지지 않았다. 그저 내가 집에 있을 때는 "여보, 주물러 줄께"하며 다리와 손을 맛사지해주는 일이 유일한 대처 방법이었다.

4.

어느 날인가부터 갑자기 밥을 먹지 못하고 전부 흘린다. 입에 넣어주어도 삼키지 못하니 생명이 경각에 달했다. 병원에 가서 MRI를 비롯 CT촬영, 피 검사, 폐 X-ray 등을 했는데 내과에서는 별 이상이 없다 하고 신경과 의사는 치매가 진행되고 있다며 더 진행되면 목을 따고 음식을 넣어야 한다고 했다. 밥은 한 톨도 못 먹고 동네 병원에 가서 영양제 주사를 맞으며 며칠 연명하던 어느 날 보니 뇌경변 환자처럼 또 눈이 돌아간다. 이러다가는 죽겠다 싶어 다시 응급실 신세를 지고 결국 입원시켰다. 나트륨이 부족하면 생긴다는 뇌의 전해질 불균형이 심해져 생명을 위협하고 있었던 것이다. 목으로는 음식을 넘기지 못하니 결국 콧줄을 매달아 영양식을 콧줄을 통해 위로 넣어주는 상황이 되었다. 콧줄을 단 채로 며칠 후 퇴원했다. 그 뒤로는 집에서 그 콧줄을 통해 영양식을 넣어주게 되었다. 그래도 음식이 들어가니 몸을 가눌 수 있었고 휠체어에도 앉아 있을 수 있게 되었다.

비록 휠체어에 앉아 있는 상태이지만 산책은 하루 세 번씩 꼭 진행되었다. 너무나 귀한 시간이었다. 시간의 흐름이 이토록 귀하게 느껴지는 경험은 또 처음이다. 새 소리도 듣고 꽃도 보여주곤 하였다. 그러나 본인은 통 관심이 없는 듯 무표정이다. 그래도 밝은 날 밖에 나오면 얼굴이 편안해진다. 말을 못한지 여러 해가 되어 가니 표정으로 밖에 뜻을 읽을 방법이 없다. 당사자에 얼마나 답답했겠는가? 사람들은 나에게 의사소통은 어떻게 하는가 묻지만 나는 별로 답답하지 않았는데 그것이 바로 내가 말 못하는 사람의 입장이 되어 보지 않았기 때문인 듯하여 죄지은 느낌이다.

그런 상태에서 눈이 자꾸 돌아가는 현상이 몇 번인가 더 있어 입, 퇴원이 반복되었다. 며칠 전 있었던 마지막 입원 때에는 이상하게 병원에서 자꾸 퇴원하라 했었다. 나는 위험한 순간은 넘겼으니 염려할 필요가 없다는 뜻으로 나름대로 해석하고 퇴원시켜 집으로 데리고 왔다. 내가 듣기엔 목에 가래가 끓는 소리가 나는데도 응급실 의사는 그렇지 않다고 했었기에 집에 와서도 목에 가래가 끓는 소리라고 생각되는 신음소리 비슷한 소리를 계속 내는데도 위험한 지경은 아닌가 보다라고 생각해서 휠체어에 앉혀 놓고 목을 가누지 못해 자주 뒤로 젖혀지는 현상이 있음에도 나는 그림을 그리다도 '손발을 주물렀다'하며 그렇게 마지막 날을 보냈다. 그날따라 이상하게도 그림이 그리고 싶었던 것이다.

그 그림은 오래되어 퇴색된 죽음을 상징하는 지각과 새로운 생명을 상징하는 작은 연못의 푸른 물이 한 곳에 있는 그림이었는데 왜 그런 그림을 그리고 싶었는지 모르겠다. 죽음이 곧 부활을 의미하는 것이라는 무의식의 발로이고 죽어가는 사람 옆에서 그렸다는 것이 무슨 계시 같기도 했다. 결국 그 그림은 숙정 사후 며칠 후에 완성하여 제목을 '생과 사'로 명명하여 서명하고 내 작품 명단에 올렸다. 목이 자주 뒤로 젖혀지는 현상은 죽음이 가까이 다가오는 현상이라는데 내가 그것을 사전에 몰랐던 것이다. 입원했을 때 의사가 자꾸 퇴원하라 했던 이유는 혹시 그 며칠 전 신경과 입원 환자가 입원 중 사망했던 사건과 연관이 있지 않았을까 혼자 생각해 본다. 그 사망 사건의 전말은 모르지만 신문 방송에 나고 시끄러웠었다. 그래서 그런지 입원할 때에도 신경과에서는 반대하고 내과에서 간신히 허락을 얻어 입원시킬 수 있었다. 입원 후 내가 신경과와 내과 합동 진료를 요청했더니 마지못해 온 신경과 의사가 와서 하는 말은 "할 수 있는 일이 없어요."였다. 입원시켜준 내과 의사에게 고마워 장례가 끝난 후 인사하러 갔다. 고맙다고.

5.

　마지막 입원 바로 전 입원시 입원실에서 쓸 물건들을 챙겨야 하겠기에 집에 오는 길에 전자상가에 들러 70인치 대형 TV를 하나 샀다. 퇴원하면 음향이 좋은 TV를 통해 좋아하는 피아노 음악이라도 들려주어야 하겠다는 생각, 웅장한 화면을 통해 오페라를 보면 좋아하겠지 싶어 산 것이다. 오늘날에 와서는 그 TV는 지금 켜지도 않은 채 거실에 덩그러니 놓여 있다. 웬일인지 통 켜고 싶지 않다. 음악도 그냥 바람 소리만도 못하고 웅대한 화면을 보면 머리만 아프다. TV가 공해가 된 느낌이다.

　매일 많은 양의 세탁을 하다가 갑자기 세탁물이 줄어들어 통 충분한 양의 세탁물이 모이지 않는다. 세탁기를 돌려야 되는지 하지 말아야 되는 지 판단이 서지 않아 가끔 멍해질 때가 있다. 침대 시트를 매일 갈아야 했고 경우에 따라서는 입고 있던 옷은 물론 소변에 푹 젖은 이불보마저 갈아야 했던 지난날들이 더 질서가 있었던 것 같다. 그냥 매일 같은 일을 반복하면 되었으니까.

생각해보니 저세상으로 가던 날 아침에는 웬일인지 침대 시트가 깨끗했다. 그 전날부터 전혀 소변을 보지 않아 걱정하며 재웠는데도 밤사이 소변을 흘리지 않은 것이었다. 전날부터 벌써 위험한 징조가 나타나고 있는데도 내가 몰랐던 것이다.

세탁실 한 켠에 이온 음료가 한 상자가 거의 그대로 놓여 있다. 마지막 입원 때에 어머니 입원에 놀라 서울에서 날아 온 아들이 어머니가 전해질 불균형으로 위기를 맞고 있다 하니 이온 음료라면 도움이 될 것 같은데 의사에게 물어보라 했다. 의사의 의견을 구했더니 좋다고 해서 그 사실을 알렸더니 반색을 하며 대뜸 한 보따리 이온 음료들을 보내왔기에 하루에도 몇 번씩 숙에게 먹이고는 하였다. 그것을 겨우 두 병 먹은 것 말고는 다 놓아두고 세상을 떠났으니 하루 앞도 모르고 살고 있는 것이 우리 인생인가 보다. 영양식도 반이 남아 약국에 반환하러 가지고 갔더니 반환받아 본 선례가 없어 어찌해야 좋을지 모르겠다 해서 좋은 일에 쓰라며 그냥 다 주고 왔다. 그랬더니 대뜸 받는다. 환불도 안 해주고 죽은 사람에 대한 위로도 없고 돈만 챙기는 불쌍한 사람들이구나 생각하며 씁쓸히 웃으며 나왔다.

화실에 가서 그림을 그리는데 나도 모르게 그림이 자꾸 슬퍼만 진다. 화실 작가선생에게도 감정이 이입되었는지 '비 내리는 모습을 추가하면 좋겠다.'고 하여 나름대로 하나 그려 이름을 '비애'라고 붙였다. 그림이 어둡게 그려져서 슬퍼만 보인다

6.

제주에 온 후 잘 회복되던 숙이 갑자기 급전직하 한데는 병의 진행, 즉 뇌의 수축 말고도 또 다른 이유가 있었던 것은 아닐까? 한참 걷는 것이 향상되던 때 장마철을 맞게 되었다. 비가 계속 오니 산책을 할 수가 없어 집에 있는 날이 많아지고 어쩌다 운동을 한다는 것이 아파트 건물 내에서 층계를 오르고 내리는 것이었는데 층계 구조가 가파르게 되어있어 항상 굴러떨어질 위험이 느껴질 정도였기에 그저 몇 계단 이상은 할 수가 없었다. 비가 오는 날 유일하게 걸을 수 있는 장소는 호텔이었다. 호텔 중에서도 집 인근에 있는 JW Marriott이 사실상 유일한 장소였다. 지하 주차장에서 비 안 맞고 주된 호텔 시설로 연결되도록 구조가 되어 있는 유일한 장소였던 것이다. 그곳에 가면 넓은 로비와 긴 복도가 있고 바다가 내려다보이는 전망석이 있어 걷기 운동도 하고 힘들면 쉬기도 할 수 있기에 가끔 갔었다. 그렇게 장마철을 보내고 나면서 운동 부족이 되었던 모양이다.

또 하나의 원인은 10여 년 동안 계속 먹던 고지혈증 약이 원인을 제공한 것은 아닐까 하는 생각이 든다. 특히 작년부터 발이 부어오르는 현상이 두드러지게 느껴져서 의사와 상의하였더니 단위를 낮춘 약을 처방해주기에 이를 먹고 있었는데도 계속 부기가 나타나 다른 내과 의사에게 하소연하였더니 혈류를 잘 흐르게 하는 약이라며 또 다른 약을 잔뜩 처방해준다. 약이 약을 부르는 현상이 사람을 죽이고 있었다. 막상 폐혈관 폐색증은 고지혈 때문이 아니라 운동 부족 때문이라는데 이 넘치는 수많은 약들은 사람들을 살리는 것인가 죽이는 것인가? 고지혈증약도 끊었다. 진행을 멈추게 한다는 치매약도 전혀 효력이 없이 치매는 계속 진행되는데도 자꾸만 처방해준다.

'혹시 이 병이 근래 새로이 주장되는 파킨슨병이 아닌가?' 확인이 필요해서 작년 12월인가 제주대학교 병원의 파킨슨병 전문이라는 의사를 찾아간 일이 있었다. 그것도 예약 전화를 3개월 전인 9월에 했는데 12월에야 날짜가 잡힌 것이다. 그 사이에 숙의 상태는 걷던 상태에서 휠체어 의존 상태로 바뀌어 있게 되었다. 휠체어에 앉은 채 진료실로 들어간 숙을 보더니 대뜸 의사가 보인 반응은 의외였다. "무슨 일로 왔는가 병원에 올 필요가 없는 듯한데…."였다. '파킨슨병인지 확인차 왔다'고 하니 "그것이 무엇이 중요합니까? 치매면 어떻고 파킨슨이면 어떻습니까? 이제 약도 먹을 필요가 없는 상태인데."라고 하는 것이었다. 내가 "그럼 이대로 때만 기다리라는 말씀인가요?"라고 물으니 잠시 실내가 숙연해졌다.

  그렇게 제주대 병원에서 빈손으로 나왔다. 며칠 후 예약이 되어있던 평소 다니던 서귀포 의료원을 찾아갔는데, 그곳에서는 여전히 약을 잔뜩 처방해준다. 도대체 먹어야 되는 지 먹지 말아야 되는 지 결정은 환자 본인이 할 수밖에 없는 상황이 된 것이다. 이런 상황을 만들어 주면서도 서귀포 의료원 의사는 제주대 진료의뢰서에 '자주 임의로 치료를 중단하는 환자'라고 써서 보냈다. 책임만 회피하는 그 의사를 보며 한심하고 무책임한 사람이라는 생각이 들었으나 그런 의사와도 협의할 수밖에 없는 것이 현실이었고 그런 현실을 만든 장본인은 바로 나였다. 제주로 내려오자는 결정은 바로 내가 한 것이었으니까. 이제 손, 다리의 부기가 너무 심하다. 그래도 계속 주무르면 부기가 내려가니 내가 할 수 있는 유일한 일은 손발을 주무르는 일 그것뿐이었다.

7.

 광야를 고삐 풀린 망아지처럼 마구 뛰어다니는 숙을 보았다. 꿈이었다. '그래! 여보! 그동안 얼마나 답답했어? 그 답답함을 마음껏 풀어봐.' 비 내리는 광야 한켠에 창이 뚫린 듯 파란 하늘이 보이고 하늘에서 광명의 빛이 내리쪼이고 있었다.

 제주로 이사 오기 전 살던 영종도 주민들 사이에서는 우리 부부는 사이좋은 잉꼬부부로 정평이 나 있었다. 송산이라는 소나무 숲으로 이루어진 바닷가 작은 산이 있었다. 그리 경사가 심하지 않고 아름다워 자주 가던 곳이다. 어느 날부터인가 오르기를 힘들어하는 숙의 모습을 보며 그럴수록 더 걸어야 한다며 자주 찾아갔다. 부축하며 가다 보니 내가 힘들어진다. 점차 산 입구 공원에서 머무는 시간이 많아져 갔다. 운동기구에 올려 주면 그래도 허리 돌리기 등을 하던 숙이 이제는 도무지 움직이지를 못하고 멍하니 서 있기만 한다. 조금 더 지나니 아예 기구에 오르지를 못한다. 그다음부터는 걷는 일 이외는 할 수가 없었다. 아파트 같은 동에 살던 우리보다 조금 더 젊은 부부가 있었다. 만날 때마다 항상 반갑게 인사하고 우리 집에도 때때로 방문해 주는 그런 부부였다. 그 부부에게는 우리 부부가 하나의 모델이었다. 우리가 이사하던 날도 몇 번씩 찾아와서 섭섭함을 표할 정도로 정이 깊이 든 사이였다.

  제주에 있는 동안에도 가끔 전화나 문자로 서로 교류하고 있었기에 숙의 사망 소식을 알리기가 몹시 주저되어 아직 알리지 못했다. 얼마 전 내 신간 시집, 『탐라의 하늘을 올려다보면』을 보냈더니 그 시들 속에 '마지막을 향해 가는 숙의 모습을 읽고 펑펑 눈물을 흘렸다.'며 알려온 사람이었기 때문에 소위 잉꼬부부 중 한 사람이 세상을 떠났다는 이야기를 차마 할 수가 없었던 것이다. 그분들에게도 이제 알려야 하겠다 생각이 돼서 아침에 알렸다. 아침부터 한 사람을 울린 것이나 아닌지 걱정도 된다.

8.

　여보! 오늘 오후에 우리가 작년에 같이 올랐던 서귀포 휴양림 전망대에 갔었어. 당신이랑 같이 다니던 곳들을 찾아보고 내가 한 일들을 되짚어 보고 싶었기 때문이야. 그런데 전망대 입구 주차장 부근에 세워진 길 안내 표지를 보고 그만 깜짝 놀랐어. 입구에서 전망대까지 단지 610m에 불과했기 때문이야. 내 기억에 남은 거리는 몇 km는 족히 되는 길이었기 때문이지. 당신을 부축하고 수많은 계단을 오르고 내리고 하며 힘들게 올랐던 길이었기에 그렇게 내 뇌에 기록이 된 모양이지? 그날 여러 사람들이 우리 부부를 보고 박수치며 "힘내세요. 꼭 정상에서 만나요."했던 생각이 나? 결국 우리는 정상에서 그 사람들을 만나 같이 기념으로 사진을 찍으며 기뻐했던 일이 바로 몇 개월 전이야. 내려오는 길도 참 힘들었지. 내려오는 길이지만 역시 오르고 내리는 계단 길이었지. 그래도 한 계단 오르고 쉬고, 두 계단 내리고 또 쉬며 마지막 오르막 계단까지 내려왔을 때, 당신은 그만 주저앉고 말았어.

"그래 또 쉬었다 가자."하며 한참을 쉬었다가 오르기를 재촉하여도 당신은 움직이려 하지 않았어. 많은 사람들이 지나가며 우리를 보고 "도와 드릴까요?"했지만 그때마다 나는 거절했지. 어떻게 해서든 우리 힘으로 올라가야 한다고 생각했던 거야. 시간은 자꾸 가고 햇살은 뉘엿뉘엿해지는 거야. 내가 "여보! 이제 가자! 마지막 계단 길인데 힘 내야지."하며 재촉하여도 당신은 전혀 움직이려 하지 않았어. '업어야겠다.'생각하고 몇 번인가 시도해 보았지만, 가지고 다니던 배낭이 방해가 되고 내 허리 상태로 보아 그것은 무리라고 생각되고, 업을 수는 없고 당신은 움직이려 하지 않고 시간은 가고, 마침내 내가 화를 내며 당신을 끌다시피 하고 올라갔었지. 바로 그 계단을 올려다보며 그때를 회상했어.

그때 내가 왜 화를 냈을까? 얼마나 당신 마음이 아팠을까 생각하니 눈물이 나오네. 도대체 몇 계단이나 그렇게 올랐나 세어 보았지. 그랬더니 51계단이나 되었어. 내가 당신을 강제로 끌고 올라간 계단의 숫자가 51개였다는 말이야. 여보! 미안해. 지금은 마음껏 창공을 날고 들판을 뛰어다니고 있겠지? 그래! 그래! 마음껏 한없이 뛰고 날아. 마지막 눈빛이 생각이 난다. 한없이 맑고 투명했던 그 눈빛이. 그 눈빛에는 아무런 원망도 남아 있지 않았었다. 그렇지? 다 용서한 것이지?

9.

여보! 오늘 또다시 서귀포 휴양림에 갔었어. 사람들이 몰리기 전에 일찍 가보려고 서둘러 갔더니 아무도 없었지. 제주로 이사 온 후 자주 찾아왔었고 특히 작년 여름에는 더위를 피해 거의 매일 오다시피 하던 '혼디오몽'길로 들어섰어. '같이 갑시다'라는 뜻의 제주 방언이라는 이 길은 무장애 길로 누구든 쉽게 걸을 수 있도록 평탄한 목제 보도 길이지 않아? 그 까닭에 휠체어를 타고도 올 수 있는 길이었지. 휠체어 타기 이전에도 '같이 갑시다'를 되뇌며 여러번 왔었지.

초기에는 쉬지 않고도 이 길을 몇 바퀴 돌 수 있을 정도로 걸을 수 있었는데 점점 걷기가 힘들어지자 작년 가을 무렵에는 중간중간에 있는 의자에 앉아 쉬면서 내가 나무 이름도 알려주고 꽃의 이름도 확인하여 알려주고는 하였는데 여보! 그런데 말이야 당신은 무표정이었고 모든 사물에 무관심한 듯 반응이 없었지. 당신의 표정 변화가 읽혀지는 순간은 야외에 나와 넓고 푸른 초원을 볼 때와 마트에 가서 물건 살 때뿐이었지. 바닷가에 데려가도 당신은 무표정하기만 했었지. 한참 당신 생각에 빠져 있는데 카톡이 왔어. 당신 둘째 아들한테서. 출근길에 당신 묘지에 들렀더니 묘지에 심겨져 있는 배롱나무에 새 한 마리가 앉아 아름답게 울더라면서 시적 표현을 해서 보내왔네. 생각해 보니 오늘이 어버이날이야. 또다시 눈물이 나네.

종전에는 보이지 않던 고라니 두 마리가 나보다 앞서 사이좋게 목제 보도 길을 걸어가며 '혼디오몽'하고 있는 모습도 보이고 좀 말랐지만, 다람쥐 한 마리도 보이고 나무를 타고 오르는 예쁜 아기 딱따구리도 보았어. 나를 위로하러 당신이 보낸 것인가? 비가 조금 왔지만, 비 오는 날이 더 좋게 느껴지네. 비를 맞으면 내 죄가 조금 가벼워지는 느낌이 들어. 생각해 보니 언제인가 비가 내리던 날도 당신은 큰 나무 밑에 앉아 머리를 떨구고 있었지. 그래서 내가 자주 머리를 들어 주었었는데 지나고 보니 그렇게 머리를 들어 주던 때는 오히려 생명력이 있을 때였던 거야. 세상을 떠나기 전 며칠 전부터 자꾸 머리가 뒤로 넘어가며 꼿꼿하게 세우지 못하던 때가 위험 신호였었는데 내가 그것을 알지 못했어. 왜 사망으로 이어지는 그 전개 과정을 잘 알고 있을 의사들은 앞으로 진행될 상황을 미리 이야기해주지 않고 다 지난 뒤에야 그것이 죽음의 신호였음을 일깨워 주는가 말이야? '이러이러한 상태가 되면 병원으로 오세요.'했으면 미리 막을 수 있었을 터인데도 말이지. 어찌 되었든 그것은 내 잘못이야. 내가 경각심이 있었으면 미리 막을 수 있었을 것인데….

 할머니 한 분이 젊은 남자의 부축을 받으며 숲길을 걸어오는 모습이 보이는데, 할머니는 별도로 지팡이를 짚고 있었어. 당신 모습이 생각났지. 내가 지팡이를 하나 마련하여 당신으로 하여금 그것에 의지하여 걷게 했더라면 건강이 더 오래 유지 되지 않았을까 하는 생각과 함께. 그런데 당신은 당시 이미 무엇을 쥐여 주어도 손으로 잡지를 못했었지.

'혼디오몽' 길과는 조금 다른 위치에 있는 자연탐사길로 들어섰어. 우리가 2년 전 처음 제주로 이주해 왔을 때 찾아왔던 길이야. 그때도 당신을 부축하며 걷는데 힘들면 중간중간에 있던 벤치에 앉아 쉬었다 가기도 했었지. 나는 그때 팔이 너무나 아팠었어. 계속 같은 팔로만 부축하니 그 팔이 아팠던 것이지. 그래서 병원에 갔더니 목 디스크라며 치료받으라 하여 한두 번 물리 치료를 받은 적이 있었는데 어느 날 보니 내 팔이 강해져 있는 모습을 느끼게 되어 나는 깨달았지. '팔이 아프다는 것은 그 팔이 시련을 겪고 있는 것이다. 그 시련의 끝에 팔은 저항력을 키우느라 스스로 근육이 강해지고 있구나!'라는 것을 알게 되었고 그래서 병원 가는 일을 멈추었지. 나에게 닥친 당면 과제는 하늘이 나를 시험하시는 것이며 나를 강하게 단련하시는 것이라고도 생각했었지. 나는 당신에게 고마워했어. 바로 그런 단련 기회를 나에게 준 당신에게 말이지.

  휴양림에는 건강 산책로라고 길의 중앙 부분에 맨발로 걸으며 발지압을 할 수 있는 길이 있었잖아? 우리가 다 다니던 길이야. 어렵게 어렵게 다니던 그 길을 오늘 다시 걷는데 왠지 금강산 일만이천봉 위를 구름처럼 흘러가고 있는 느낌이 들었어. 당신도 지금 혹시 그런 것 아닌가? 온갖 고통도, 아픈 기억도 털털 털어버리고 우주를 유영하면서 말이지. 당신이 남기고 간 눈빛은 그런 눈빛이었지.

10.

 오늘 산방산에 있는 산방굴사에 갔었어. 산방굴사는 산 중턱에 있는 조면 용암동굴이었는데 고려시대 한 고승이 불법을 수련하였다는 곳으로 그곳에 '생명을 연장해주는 샘이 용출된다.'고 하여 많은 사람들이 찾고 있는 곳이라 했어. 마침 스님의 설법 상황이 스피커를 통해 흘러나오고 있었는데 그 내용이 나에게는 너무나 와닿는 것이었어. "지상의 모든 생명체는 예외 없이 사멸한다. 죽음을 벗어나는 길은 오로지 열반뿐이다."라는 대목에서 당신의 눈빛이 생각났어. 그 눈빛이 바로 열반한 사람의 눈빛이 아니었을까? 모든 고통과 질곡으로부터 벗어나 자유롭게 훨훨 우주여행을 떠나는 이의 한 없이 맑고 깊은 눈빛, 그 눈빛은 모든 원망 다 잊고 사랑으로, 자비로 영혼을 채운 이의 눈빛이었는데 그것이 열반의 눈빛이었다는 말이지. '아! 열반이라는 경지가 정말 있구나!' 나는 평소에 '스님들이 세상을 떠나면 모두 열반하였다'고 하기에 열반이라는 말이 죽음과 동격인 용어인 줄 알았는데 열반이라는 경지가 따로 있다는 사실을 처음으로 온몸으로 느끼고 있었어. 비우고 잊는 것뿐 아니라 사랑과 자비도 열반의 요소일까? 비우는 것만으로는 부족한가? 당신은 버림과 채움으로 맑은 눈빛을 이룬 것 같은데.

산방굴사에서 내려와 송악산 둘레길로 갔어. 우리가 제주로 오기 전 제주 어디로 올까를 정하기 위해 사전 답사차 왔을 때 그러니까 약 3년 전 같이 갔던 둘레길이지. 그 계단 많던 길을 오르고 내리며 많은 사람들의 박수도 받고 '파이팅!'하며 격려도 받던 당시 모습이 생각나서 다시 간 것이지. 멀리 그리고 또 가까이 마라도와 가파도가 보이는 해안 전망대에 서니 '당신은 지금 어디쯤 가고 있을까?' 하는 생각이 들었어. 마라도도까지? 아니면 떠나기 주저되어 가파도 근처에? 분명 당신은 더 멀리 갔을 거야. 훨훨 날아서 수평선도 넘어가 있어 벌써 내가 보이지 않는 곳에 있겠지. 그러니까 꿈에서도 보이지 않지. 그래그래, 멀리멀리 날아가 자유롭게 여보!

깔깔거리며 웃고 다 같이 춤추고 하는 한 무리의 여자분들을 지나쳤어. '저 사람들도 언제인가는 모두 세상을 떠나겠구나.' 혼자 생각하며 조용히 웃었지. 오르고 내리고 반복하다가 전망대3에 오니 바로 밑으로 용암들이 떡 시루처럼 쌓이고 또 쌓여서 층을 이룬 해안 절벽이 내려다 보이는데 참 아름다웠어. 시간이 만든 작품이지. 내가 지금 그림을 그리듯 자연도 그림을 그려 놓았던 거야. 그런데 언제인가는 영겁의 시간이 만든 저 절벽도 무너지는 날이 있겠구나 싶었지. 실제로 해안에는 절벽에서 떨어져 나온 것으로 보이는 수많은 검은 돌들이 햇살을 맞아 반짝이고 있었어. 마치 마지막 가루가 될 때까지 아니 그 너머도 생의 기쁨을 노래하겠다는 해탈의 모습이 보이는 것이었어. 그곳에서 한참 쉬고 있는데 아까 보았던 여자분들 일행이 올라왔어. 벤치에도 앉고 서 있기도 하며 이런저런 이야기들을 하는데 여행이 끝나가는지 일상으로 돌아갈 일들을 걱정하고 있었지. 한 여인의 이야기가 귀에 쏙 들어왔어. 어린이집 보모를 하다가 최근에 그만두었나 봐. 지금 시간이 아이들 잠재우는 시간이라며 너무나 같은 일이 반복되어 지겨운 하루하루였기에 최근에 그만두었다는 거야. '원아들을 찍어 주었던 사진을 휴대폰에서 지우는데 마음이 찡하더라'며 '앞으로 요양보호사 역할을 할까 한다.'는 계획을 말하는 것이었어. 당신 생각이 나고 집에 찾아오던 요양보호사도 생각나고 하여 '요양보호사를 하려면 인내가 덕목입니다.'하고 말하려다가 그만두고 일어나 왔어. 사진을 지우며 마음 아파했으면 분명 그녀의 마음속에는 따사로움이 있었을 것이기 때문이었지. 그 마음을 발전시키면 인내도 할 수 있겠구나 하는 생각이 들었기에 입을 열지 않았던 것이지. 나는 당신 돌보며 인내하지 못했어. 자꾸 화내고, 당신을 많이 아프게 했을 거야. 당신 가기 전 며칠 동안 화장실 변기에 앉히면 힘들어해서 내가 등 두드려 주며 "여보 괜찮아 잘하고 있어."하면 내가 느껴질 정도로 당신 몸이 부드럽게 풀어지고는 했었지. 마치 나에게 안겨 오는 듯이. 그러던 어느 날 당신은 맑은 눈을 뜨고 나에게 얘기하듯 하며 갔지.

▲ 생과 사

　송악산 둘레길 출구 부분, 숲길을 지나며 당일 생각이 나는 거야. 그날은 당신이 소변을 통제하지 못해 옷까지 다 젖었는데, 옷을 갈아입힐 장소가 마땅치 않아 결국 차 속에서 갈아입혔었지. 그때 무척이나 힘들고 당황스러웠던 기억이 나네. 외출할 때 항상 배낭에 속옷과 바지를 챙겨서 넣고 다녔기 때문에 가능했던 일인데 언제부터 그런 습관이 생겼는지 인제 잘 기억도 안 나지만 초기 단계에서는 항상 나에게 굉장한 스트레스를 주었었지. 그런데 그러던 당신이 생의 마지막 단계에 이르러 하루 종일 소변 한번 안보는 사태가 생기자 오히려 그 시절이 그리워지며 "제발 소변 좀 봐 여보!" 했었지.

11.

 영종도에 살 때였어. 그날도 집 근처의 송산을 넘어 해안가에 조성되어있는 공원으로 갔었지. 공원으로 갔던 중요한 이유는 그곳에 있는 화장실 시설을 이용하기 위해서였어. 그런데 그날따라 무슨 일인지 화장실 사용이 금지되어 있었던 거야. 어찌할 수가 없어 다시금 산을 넘어 집으로 오는데 당신이 갑자기 당황스러워하더니 바지가 젖어오는 거야. 산책길을 벗어나 사람들이 안 다니는 숲속으로 들어갔어. 그때만 해도 그런 돌발 사태에 아무런 준비기 안 되어 있었기에 평소 가지고 다니던 깔개를 꺼내 당신을 감싸고 바지와 속옷을 벗겨 짜서 나무에 걸어 말리는 상황이 벌어졌었지.

 그날 그 숲속은 참 아름다웠어. 햇살은 부드럽게 비쳐들고 새들은 나뭇가지에 앉아 맑게 맑게 울어대었지. 마치 원시의 숲속에 들어와 있는 것 같았어. 처음에는 당황해서 어쩔줄 몰라했던 당신도 나중에는 웃었었지. 그 웃는 모습이 참 아름다웠어. 아마 그 원시적인 환경에 동화되었었나 봐. 그 일이 있던 후로 나는 항상 속옷과 바지를 챙겨서 가지고 다녔던 것 같아. 그러려면 배낭이 필요했었기에 항상 어디를 가나 배낭을 메고 다니다 보니 사람들이 '나' 그러면 '배낭 멘 사람'으로 인식하고는 했어. 이 소변 문제는 그 후로도 여러 문제를 야기하고는 했었지. 근본적으로 해결하기 위해서는 기저귀를 차는 방법이 있었는데 차마 차마 그리할 수가 없었어. 당신에게 차마 기저귀를 차라고 말할 수가 없었던 거야. 마트의 기저귀 쌓아 놓은 곳에 가서 살까 말까 망설이기를 여러 차례 하던 차에 하루는 선배 부부가 점심 사주신다고 우리 살던 곳으로 오셨지. 대화하던 중에 변호사인 선배가 기저귀를 차고 법정에 다닌다는 사실을 알게 되었지.

그래서 '기저귀를 차야겠다' 싶던 차 하루는 우연하게도 며느리가 기저귀를 한 보따리 보내왔어. 아무런 사전 통보도 없이. 마치 텔레파시라도 통했다 싶을 정도로 시의적절하게 보내왔던 거야. 그 후론 당신도 기저기에 의존하게 되었지. 그런데 기저귀를 차게 된 후에도 상황은 크게 나아지지 않았어. 기저귀를 때맞춰 갈아주는 문제가 생겼던 거야. 기저귀 없을 때랑 달라진 것은 바지가 자주 젖지는 않았던 것인데 그래도 드물지 않게 젖어서 갈아입히고는 하였지. 그래서 하루에도 몇 번씩 화장실을 정기적으로 들락거리게 되었는데 문제는 당신의 배설 주기가 일정하지 않은 것이야. 외출하기 전에 화장실을 들려도 어떤 경우에는 도무지 아무 소식도 없는 날들이 있었어. 그런 날은 하는 수없이 그냥 나가고, 나가다 보면 반드시 사달이 생기고는 하였지.

12.

생각해보니 또 다른 화장실 문제가 있었어. 여러 해 전, 미국에 사시는 누님이 오셨던 적이 있었는데 같이 내가 태어났던 용산구 청파동 집에 가보자고 하여 길을 나섰었지. 영종역에서 공항철도를 타고 디지털역인가에서 내려서 화장실을 이용한 적이 있었는데 문제가 생겼어. 당신이 아무리 기다려도 나오지 않는 것이었어. 그래서 화장실에 다시 들어가 이름을 부르며 당신을 찾았지. 아직 화장실 내에 앉아 있던 당신은 그제서야 나왔어. 이 사건이 화장실 사건의 시작이었다는 것을 당시에는 몰랐지. 그 뒤로 끔찍한 일들이 연속 생기게 되었던 것을 당신은 기억할라나? 화장실이 남녀 구분이 있다 보니 항상 손을 잡고 다니던 우리 부부가 헤어지는 순간이 생기곤 하였지.

일본 후쿠오카에 갔을 때였어. 어느 전철역에서 우리는 화장실에 각기 들어갔지. 내가 일을 보고 나와 당신을 기다리는데 아무리 기다려도 당신이 나오지 않는 거야. 여자화장실에 들어갈 수도 없어서 당황하며 있다가 청소하는 아주머니가 있기에 '좀 찾아 달라'고 부탁하였지. 그랬더니 이 아주머니가 나더러 들어와 찾으라고 하기에 같이 들어가 '여보여보'하며 찾았는데 당신이 없는 거야. 그래서 불야불야 돌아나와 전철 출구로 가니 직원이 앉아 있기에 물었지. 그 직원은 다행히 내가 표를 구할 때 도움을 주었던 직원이어서 "아까 나하고 같이 들어갔던 부인이 혹시 나가지 않았나요?" 물으니 조금 전에 나갔다는 거야. 깜짝 놀란 나는 길로 뛰어나가 당신을 찾았으나 보이지 않아. 왼쪽으로 갔는지 오른쪽으로 갔는지 도무지 알 수 없는 상황이라 우리가 오던 방향으로 두 블록이나 뛰어가 찾아보았으나 당신을 발견할 수 없었어. 이번에는 반대 방향으로 다시 뛰어갔지. 역시 없었어. 도저히 방법이 없자 전화를 했지. 당신은 전화를 받지 않는 거야. 낙망한 나는 하는 수 없어 호텔로 돌아와 도움을 요청했어. 호텔 직원과 같이 경찰서에 신고하자고 하며 택시를 타고 가는 도중 나는 계속 전화를 하였지.

어느 순간 당신이 전화를 받았어. 버스를 타고 당신은 어디론가 가고 있었던 거야. 버스 기사를 바꾸어 달라고 얘기했더니 다행히 기사가 전화를 받아주어 당신을 내리게 하고 택시를 태워서 호텔로 보내달라 부탁했지. 당시 당신은 후쿠오카 옆에 있는 도시 사가 행 버스를 타고 30Km도 더 떨어진 곳까지 가 있었던 거야. 그렇게 해서 당신은 호텔로 돌아왔고 택시비가 15,000엔이 들었었지. 그때만 해도 당신은 전화도 받고 했기에 가능했던 일이지만 그 후 얼마 안 지나면서부터는 당신은 전혀 전화를 받지 못했어. 전화기는 단지 당신 위치 추적용으로만 가동되었었지.

하루는 내가 안과 치료차 강남 성모병원에를 갔었지. 내가 치료받고 있는 동안 당신은 진료실 밖 대기실에 앉아 있었는데 내가 진료를 마치고 나오니 당신이 없는 거야. 안내 방송을 동원해서 찾아도 당신으로부터는 아무런 소식이 없고 전화는 안 받고 어찌해야 좋은지 몰라 112에 신고하였더니 그 담당자 얘기가 '위치 추적을 하려면 119에 얘기해야 하지만 잘 응하지 않을 것이니 조심하며 정중하게 부탁해야 한다.'고 하기에 전화하여 당신 건강 상태를 설명하고 '제발 위치 추적을 해주세요.'라 간청하니 여러 인적 사항을 묻더니 한참 있다가 '관악산 부근에 있다'며 이번에는 112 도움을 받으라 하는 것이었어. 112와 119가 동시에 출동하여 찾고 있다 하였는데 문제는 당신이 계속 이동 중이라는 것이었어. 아마도 버스를 타고 이동 중인 것 같다는 것이야. 나는 택시를 타고 당신이 이동 중에 있다는 관악산 부근으로 쫓아가며 112에 그 사정을 설명하였더니 지역 경찰이 출동하여 그 버스를 찾았고 기사에게 부탁하여 당신을 정류장에 내리게 했지.

그리고는 다른 경찰차를 타고 당신이 기다리는 장소로 갔지. 날은 어두워지고 보슬비는 오고 있었어. 비를 맞고 있는 당신이 어찌나 반갑고 안쓰러운지 내가 경찰차 문을 열고 나가 당신을 안아주며 "고생했지?"하니 경찰들이 나를 보고 "다시는 헤어지지 않게 손을 꼭 붙들고 다니세요."라고 했었어. 그전까지는 나더러 부부싸움을 했냐? 관악산에 혹시 연고가 있냐? 등을 묻던 경찰이었지.

그 뒤로도 전철 디지털역에서도 유사한 일이 벌어졌었지. 그날은 아무 버스나 집어 타고 갔던 당신을 여러 시간이 지나 버스 종점에서 찾아왔었어. 그뿐 아니었지. 하루는 인천 공항에 갔다가 역시 각기 남녀 화장실로 들어갔어. 내가 일을 보고 나와 기다리는데 이번에도 당신은 나타나지 않았어. 또 문제가 생겼구나 싶어 공항 경찰을 찾아 도움을 요청하였더니 '같이 CC TV실로 가자'는 거야. CC TV를 돌려보다 우리는 드디어 당신이 세종시 지역으로 가는 버스를 탄 것으로 보이는 영상을 확인했어. 이번에는 버스회사 전화번호를 찾아 유사한 시각에 공항을 떠난 버스 기사를 수색했고 드디어 해당 버스를 찾았어. 세종시 경찰에 의뢰하여 그 버스가 도착하면 당신을 좀 보호 해달라 요청하였더니 자정이 다 된 시간에 전화가 왔어. 세종시 경찰서에서 당신을 보호하고 있다는 소식이었지. 그래 한밤중에 택시를 불러 타고 세종시로 내려가 경찰 관서로 들어가니 당신이 웃으며 나를 맞는 거야. 얼굴에는 길을 잃지 않고 결국 나를 만난 자랑스러움이 감돌고 있었지. 돌아오는 시간은 참으로 하늘에 감사하는 시간이었어. 그날 택시비만 30여만 원이 들었었는데 그래도 좋았지. 당신을 결국 찾았으니까.

그 일 이후 우리는 장애인 화장실을 같이 이용했어. 그런데 문제는 장애인 화장실이 화장실 외부에 있지를 않고 남녀 구분이 되어 각기 화장실 내부에 있는 경우가 많았던 거야. 남자화장실과 여자화장실 중 어디로 가야 하는지 판단이 서지 않는 사태가 자주 발생했어. 남자화장실로 데리고 들어가면 여자화장실로 가라 하고 여자화장실을 이용하면 화들짝 놀란 여자들이 심하게 항의를 해 오고. 한번은 경찰 신고까지 당했어. 그 이후론 내가 화장실 상황을 잘 모르는 장소로 외출하는 것은 가능한 한 삼가게 되어갔지. 친구들하고의 만남도 주저되어 만나는 횟수가 줄어갔어. 친구들은 그 점을 이해하지 못했지만 자세히 사정을 설명할 방도가 없었지. 어찌 되었든 헤어지는 일은 다시는 재발되지 않았어. 당신이 나를 영원히 떠난 날이 오기 전까지는.

13.

　전화기는 당신의 소재를 밝히는 유일한 도구가 되었어. 그래서 전화기를 당신 핸드백에 넣어 꼭 들고 다니게 했지. 그런데 사달이 일어나기 시작했어. 이번에는 그 전화기가 들어 있는 핸드백을 분실하는 사태가 발생 되기 시작했던거야.

　어느 해 벚꽃이 만발한 국립묘지 참배를 간 적이 있었지. 해군 동기들과 부부 동반으로 간 모임이었는데 어느 순간 나는 당신이 핸드백을 들고 있지 않은 상황을 보게 되었어. '들고 있던 핸드백을 놓치는 상황은 분명 화장실에서 발생했구나.'라고 생각한 나는 얼마 전 들렸던 대통령 묘역 앞에 있는 화장실이 생각나 친구들과 헤어져 되돌아와 화장실을 수색했으나 찾을 수가 없었어. 누군가 가지고 갔다 싶어 당신 전화기로 전화를 해 보았으나 아무도 받지를 않았지. 그런 상태로 며칠인가 지나 혹시 해서 다시 전화를 했더니 이번에는 누군가가 받는 것이었어. 국립묘지 내의 편의점 주인이라며 당신 핸드백을 갖고 있으니 찾아가라고 했지. 그래서

부랴부랴 찾아가 핸드백을 찾아왔어.

  그 뒤로도 당신은 계속 핸드백을 분실해서 내 속을 태웠지. 화장실에만 가면 반드시라고 할 만큼 핸드백을 놓고 나오기에 이 역시 일반 화장실 기피의 원인이 되었었어. 처음에는 화장실 변기 뒤편에 놓고 있다가 잊고 나오더니 아마도 잊지 않으려는 노력이었는지 그 뒤로는 눈으로 볼 수 있는 문 위에 걸어 두었다가도 또 잊고 나왔지. 나에게 화장실은 점점 공포의 대상이 되어 갔어. 그래서 이번에는 핸드백 대신 주머니가 있는 옷을 입히고 그 주머니 속에 전화기를 넣어 다녔으나 여름철 가벼운 여자 옷에는 핸드폰이 들어갈 만한 주머니 달린 옷이 없었어. 그래서 결국 당신은 24시간 나와 같이 있게 되었어. 감사하게도. 나는 정말 그것을 감사하게 생각했지.

14.

　새벽이었어. 밤새 잠을 두 번이나 깨어도 당신은 나를 찾지 않았기에 다시 잠을 청했는데 이번에는 당신이 하얀 망사 옷 같은 가운을 걸치고 나타났어. 살빛이 은은하게 비쳐 나오는 그 모습이 너무나 고아했지. 후광마저 있었어. '아! 천사가 되었구나!'라 생각하며 반가워서 우린 서로 몸을 합치려 하는데 어찌된 일인지 잘되지 않는 거야. '어! 이상하다, 웬일이지?'하면서 잠이 깨었어.
　내가 만일 당신을 요양 시설에 보냈다면 좀 더 오래 살았을까? 한마디 말도 못하고 혼자서는 화장실도 못 가는 당신을 시설에 맡겨 두었다면 무슨 일이 벌어졌을까? 생면 부지의 사람들이 당신 몸에 손을 대고 옷을 벗기고 씻기고 하는 광경을 나는 허용할 수 없었어. 오래전 당신 아버지가 누워계시던 요양시설에 우리가 같이 간 일이 있었지. 생시에 도백을 지내신 분이 100세 넘어 뼈만 남은 모습으로 집단 피난 병동 같던 요양 시설에 수용되어 있던 모습은 참혹 바로 그것이었어. 얼마나 기가 막혔으면 내가 우리 집으로 모시고 가려 그랬었을까?

　그날 그 시설을 나오면서 내가 당신에게 약속을 했지. 어떤 일이 있어도 당신을 이런 요양 시설에 보내지 않겠다고. 나는 그 약속을 지켰고 당신도 만족하는 듯했지. 그래도 당신을 시설에 보냈다면 더 오래 연명할 수 있었을까? 많은 사람들이 그렇게 하여야 했다고 말하고 있어. 그러나 당신의 오늘 모습을 보니 죽는 것이 사는 것이고 산다는 것이 죽는 것 같았을 것이라는 생각이 드네.

　친구가 책을 한 권 보내왔는데 중국 사람이 쓴 『부활 이야기』, 사후에 영이 다른 사람 몸에 들어가는 이야기 등이 있었어. 나도 책 한 권을 따로 샀지. 『에프터 라이프(After Life)』라고 미국의 한 의사가 40년 동안 경험하고 수집한 죽음을 경험한 이들의 이야기 모음집이었어. 지금 읽고 있는데 우선 눈에 들어오는 것이 죽음 상황에서 본 '빛' 이야기가 많았어. "자기 본질에서 나오는 눈부신 빛"이라는 구절도 있었고, "시간을 초월한 상태, 모든 시점이 한꺼번에 모여 있고 우리가 거기에 빠져 있는"이라는 표현도 있었어. "에너지가 내 주위를 감싸고, 나를 꿰뚫으며 내게 스며들고…."라고 경험담을 이야기하는 임사 체험자의 이야기도 기록되어 있었지. 당신의 본질은 원래 빛이었나 봐.

15.

 어제 외돌개가 있는 올레길 7길에 갔어. 그 계단이 많고 오르고 내림이 심한 해안 절벽 길을 우리는 자주 갔었지. 그러나 가장 높은 곳까지 올라갔던 적은 단 한 번뿐이었어. 우리가 제주로 내려왔던 첫해 겨울, 찬 바람을 맞아 가며 겨우겨우 올라갔던 그 길에서 우연히 만난 사람들이 입술이 파래지고 힘들어하는 당신을 보고 놀라 뜨거운 물을 구해오고 119를 부르자 하는 등 걱정과 관심을 보이던 일이 생각나네. 당신이 그토록 추워하고 있었다는 것을 나는 몰랐었지. 단지 그날따라 평소에는 오르지 못했던 계단을 오른 당신이 대견하고 좋아지고 있는 당신의 건강 상태에서 희망을 찾았었어. 그러나 그 뒤로는 무리해서는 안 되겠다 싶어 자제하였더니 결국 단 한 번도 더는 오르지 못하고 계단 밑에서 위를 올려다보다 돌아가고는 했었지.
 어제 같은 따스한 어느 날이었어. 그날도 계단 가까이 와서 오르기를 여러 차례 시도하다가 역시 오르는 것을 포기하고 돌아가는 중이었지.

▲ 우주

'사마귀 한 마리가 몸을 잔뜩 부풀리고 허장성세의 자세로 커다란 새 한 마리와 죽느냐 사느냐하는 절체절명의 투쟁을 벌이고 있는 현장에 도착했어. 우리는 한참 동안 지켜보고 있었지. 얼핏 보아 강약의 차이가 뚜렷한 어처구니없는 대결이었지만, 그 커다란 새가 사마귀라는 조그마한 존재를 이러지도 저러지도 못하고 고민만 하다가 결국 포기하고 도망가듯이 날아갔던 거야. 그때 나는 '살려는 의지가 있으면 살아남는 것이구나.'하고 느꼈지. '당신을 살려야지! 당신을 기어이 살리고 말거야!' 그렇게 속으로 나는 다짐하였었어. 그런데 중요한 것은 당사자인 당신의 의지가 그리되어야 한다는 현실이 문제였어. 어떻게 하면 당신의 생에 대한 의지를 다시 불태울 수 있을까? 나는 그 답은 사랑뿐이라고 생각했었지. '하늘이 감동할 정도로 당신에 대한 나의 사랑을 지극히 하는 것 그것이 꺼져가는 생에 대한 당신의 의지를 다시 살릴 수 있는 유일한 길이다.'생각했지. 내 사랑이 부족했는지 그러나 당신의 생명의 불꽃은 그 뒤로도 날이 갈수록 꺼져가고 있었어.

돌아오는 길에 올레길에 있는 '60 beans' 카페에 들렸어. 우리가 자주 가서 목재 데크에 앉아 아름다운 정원 넘어 푸르른 바다를 내려다보던 그 집이지. 이곳 소파에서 당신은 자주 잠이 들었었어. 그러면 나는 당신을 깨워 숟가락으로 차를 떠서 입에 넣어주고 케익 역시도 포크로 찍어 조금씩 먹여주고는 하였지. 주변에는 항상 온통 탁 트인 전망에 환호하는 여행객들로 북적였지. 그 환호성이 당신이 생기를 찾는데 도움이 되었으면 했지만 그 속에서도 당신은 점차 죽음을 향해 가고 있었던 거야. 우리는 항상 차 한 잔과 케익 한 조각을 시켜먹고는 했었지. 어제도 나는 차 한 잔, 케익 하나를 시켜서 커다란 야자나무들과 조각들이 내려다보이는 정원 의자에 앉았어. 맑고 푸른 오월의 하늘에는 부드러운 흰 구름이 조용히 흐르고 파도 소리도 잔잔히 들리는데 구름 사이에서 꿈에서 보았던 하얀 옷 입은 당신 모습이 나타나는 거야. 마치 마리아의 환생처럼. 결과를 놓고 보면 당신을 살리겠다는 것은 나 혼자만의 꿈이었어. 뭉쳤다 흐트러지는 저 흰 구름 같은. 혹시 당신의 꿈은 모든 굴레로부터, 내 사랑으로부터도 벗어나는 것이었나?

여보! 오늘은 화실에 가서 몇 년 전 그렸던 우주의 모습을 다시 고쳐 그려 보려고 해. 거기에 당신 날아오르는 모습을 집어넣을까?

16.

　오늘은 아침부터 당신이 남겨 놓고 간 일거리 하나를 처리했어. 바로 옷들을 정리하는 것이었지. 열 차례 가까이 재활용 터를 왔다 갔다 하면서 당신에게 고맙다는 생각이 들더군. 나에게 일거리를 남겨주어서. 지난 며칠 동안에도 계속하던 일이었는데 아직도 많이 남아있어. 차마 차마 버리지 못하겠던 것들을 조금씩 버리는 쪽으로 재분류하여 가는 나를 보며 며칠 지나면 남은 것들도 다 버리려고 하겠구나 생각했지. 그러면서 당신의 뜻을 알아 갈 듯했어. 왠지 눈물이 나와. 당신은 아마도 이런 정리 과정을 통해 지난날들을 정리하라고 말하고 싶었던 걸까?

　당신이 옷 입기를 힘들어한다는 현상을 처음 발견한 것은 아마 거의 10년 전이었을 거야. 충격이었지. 당황스럽기도 하고. 어느 날 당신과 같은 학교의 동료 교사였던 당신 선배 한 분을 뵌 일이 있었어. '자기 남편이 치매 환자여서 자기가 남편 옷을 갈아입힌다'며 '그것이 자기의 일과 중 하나'라고 하셨지. '아! 그렇구나. 그렇게 증상이 진행되는구나.'싶어 나도 마음으로 받아들이고 당신 옷 입히기를 시작했지. 처음에는 겉옷만 입혔다 벗겼다 했었는데 세월이 지나면서 점점 속옷까지 모든 옷을 내가 다루어야 했지. 겨울에는 따뜻하면서도 고상한 레깅스까지 골라 입혔지. 일본에 갔을 때 사서 가지고 온 몇 개의 레깅스를 10년이 다 되도록 돌아가며 갈아입히고는 하였지. 그런데 스타킹은 고르기도, 관리하기도 참 어려웠어. 옷들을 정리하다 보니 엄청난 스타킹이 찾아지네. 나에게 선택을 받지 못하고 쌓이고 쌓인 채 버려져 있던 것들이. 어떤 것들은 포장을 뜯지도 않은 채 있었어. 바지도 엄청나게 나왔어. 한 번도 입혀보지 못했던 바지들이. 날이 갈수록 당신이 자꾸 말라가고 있어서 단추가 있거나 벨트를 매야 하는 바지는 입고 벗는 것이 어렵고, 입으면 그냥 흘러내리고 하여 고무줄 있는 싸구려 바지만 구해서 입혔던 까닭에 젊은 시절 입던 고급 바지들은 서랍에 잠겨 있을 수밖에 없었지. 그래도 사람들은 당신이 참 옷을 잘 차려입는다고 하며 나에게 코디 담당이냐 물었어. 그러면 나는 크게 웃고 하였지. 재미있었어.

　당신 옷 입히기가. 당신은 예술 조각처럼 옷이 잘 어울렸었지. 나의 즐거운 추억 중 하나야. 그렇지만 당신 말년에는 너무 힘들었어. 처음 입히는 것은 그런대로 하겠는데 입혀 놓고 보니 마음에 들지 않아 다른 옷으로 갈아입혀야 했을 때, 당신이 참 힘들어했어. 한 번에 제대로 골라 입히지 못한 나 자신이 원망스러울 정도로 말이야. 병원에 가서 옷을 벗을 때도 힘들었지. 그래서 병원 가는 날은 아예

품이 넉넉한 옷으로 입혀 갔었지. 병원 가는 날 뿐 아니라 나중에는 아예 처음부터 입히고 벗기기 쉬운 옷만 선택하게 되었지. 그래서 그런 옷들만 늘어났지. 다른 멋쟁이 옷들은 옷장에서 잠자고.

그렇게 옷걸이에만 걸려 있던 그 옷들을 오늘 대부분 정리했어. 몇 가지 손녀들에게 주어도 될 만한 것들은 제외하고. 손녀들이 입으려 할 것인가는 의문이지만. 안 입겠다면 내 추억으로 간직하지 뭐.

17.

　요사이 아침나절에는 시간이 아주 넉넉해. 당신이랑 같이 있던 시절엔 '아침밥 하랴, 당신 깨워 목욕 시키랴, 밥이 타지 않고 국이 넘치지 않게 하랴.' 신경 쓰며 항상 긴장하였고 옷 입히고 식사와 양치질이 끝나면 설거지한 후 아침 산책시키고는 하였지. 그러고 나면 몇 시간이 훌쩍 가버리고는 했었어. 요양보호사가 오는 날이면 더 바빴지. 오기 전에 아침 일들을 마쳐야 했으니까.
　그런데 지금은 아침나절이 한가로워. 무엇을 해야 좋을지 몰라 망설일 때도 있어. 그래서 그림도 그리고 책도 보고 하지. 그래도 시간이 남아서 처음에는 못 가보았던 곳들을 몇 곳인가 돌아다녔는데 지금은 다소 소강상태야. 며칠 전 갔던 성산 일출봉에서 내 기대가 꺾였거든. 오늘 아침엔 산책을 나섰어. 공원에 들어서니 향기가 가슴속에 스며드네. 귤꽃 향기였어. 귤꽃은 참 이상해. 겉으로 보면 아주 부드러워 보이는데 손으로 실제 만져보면 마치 귤껍질처럼 거칠고 딱딱한 표면 질감을 갖고 있어. 그런 딱딱한 물건에서 향기가 난다는 것이 이상할 정도야. 향기가 가슴을 찌르듯, 습격해오는데 대단히 공격적이야. 작년 이맘때 귤밭 옆을 지나가는데 향기가 진동하길래 당신도 맡아보라고 꽃을 당신 코 가까이 가져다 대었는데도 당신은 별 무반응이었어. 사고능력이 저하되어 있어도 감성은 살아있으리라 생각하고 감성적으로 접근하면 생에 대한 애착이 생기지 않을까 생각했던 것인데 당신은 도무지 무감각한 사람처럼 변화가 없었던 거야. 소설에 보면 죽은 사람도 살린다는 향기가 천리를 간다는 눈 속에 피는 꽃도 있다 하고 침향이라는 나무 향 역시도 영약이라고 사람들이 말하기에 꽃향기가 당신에게 도움이 되기를 빌며 그 후에도 향기가 있음직한 제주의 숲들을 찾아다녔었지.

향기에의 노출 빈도를 높이려 하는 의도였지만 이들이 설중화도 침향도 아니어서 그랬는지 당신의 떠남을 막을 수가 없었던 것 같아. 나는 그래도 당신의 감성은 마지막 날까지 살아있었다고 생각해. 요양보호사가 오는 날이면 나는 어김없이 밖으로 나갔고 그때마다 당신에게 내가 나갔다 오겠다고 얘기하였는데 그 얘기를 듣고도 반응이 없으면 여러 번씩 되풀이하고는 했었지. 그러면 당신 얼굴에 섭섭한 기색이 떠오르고는 했었어.

그러던 어느 날, 아마 당신이 우주여행 떠나기 사오일 전쯤이었던 것 같은데 갑자기 당신 입에서 "그래."라는 말이 튀어나오면서 얼굴에 미소도 떠오르는 거야. 참으로 오랜만에 듣는 당신 말소리였어.

아마도 '그래'라는 단어 뒤에 당신은 '잘 다녀와.'하는 말을 하고 싶었을 거야. 그 말, 그 미소가 당신이 나에게 남긴 마지막 인사가 될 줄은 당시에는 생각도 못했고 그저 오랫동안 잊고 있던 말을 한 당신 상황이 의아했을 뿐이었어.

돌이켜보면 요 몇 년간 당신의 수축되어 가던 뇌가 끝까지 붙들고 있던 단어는 "그래."가 유일했던 것 같아. 당신은 분명 최후의 순간까지 감성이 살아있었음이 틀림이 없어. 그러나 감성을 붙잡고 늘어져 생명에 대한 당신의 의욕을 불러일으키려 했던 나의 뜻은 결국 그저 의욕으로만 끝났고 '그래'라는 짧은 말은 지금 귤꽃향처럼 때때로 내 가슴을 찌르네. 오늘에야 나는 내가 읽던 책, 불루스 크레이슨의 『에프터 라이프』에서 '그래'라고 했던 당신의 갑작스런 회복 현상이 치매 말기, 세상 떠나기 몇 시간 전에 나타나는 갑작스런 정신의 명료화 현상이었다는 것을 알았어. 마치 회광반조 같은 현상이었던 거야. 당신은 그래도 떠나기 여러 날 전에 그것을 보여주며 나에게 마지막 시간이 다가오고 있음을 예고하고 있었는데 나는 그만 그것을 깨닫지 못했던 거야.

18.

 우리가 거의 매일 산책하던 아파트 단지 내의 작은 정원을 이제 잘 찾지 않게 되었어. 혼자서 가는 것이 어쩐지 내키지 않았기 때문이지. 그래도 어제는 저녁 무렵에 한번 갔었어. 아! 그런데 이것이 웬일이야! 항상 웃으며 맞아 주던 수양벚나무가 축 늘어져 있는 거야. 놀라서 자세히 보니 죽은 것은 아니었는데 순간적으로 힘없는 노인의 모습으로 나에게 비추어졌나 봐. 마치 당신 없음을 슬퍼하는 모습 같기도 했지. 우리가 같이 왔던 어느 날 한 동네 아주머니가 인사를 해오면서 말하기를 자기 남편이 파킨슨병으로 요양시설에 들어가 있는데 밥을 목으로 넘기지 못해 목을 뚫어 집어 넣어주고 있다면서 그런데도 살만 자꾸 찌고 있는데 당신은 말라간다며 안타까움을 표했었던 적이 있어.
 나 역시 뼈만 앙상한 당신 모습을 볼 때마다 애처러운 생각이 들곤 하였기에 한 번은 병원에 가서 하소연하였더니 대장암이 의심된다고 했었지. 그런데 "환자가 협조해야 검사가 가능한데 그 문제를 풀 수 있겠냐?"하는 것이었어. 당신의 지각 능력으로는 검사가 불가능하다는 취지였어. 병원에서의 이러한 사태는 안과에서도 치과에서도 반복되었었지. 눈이 이상해서 안과에 가면 '환자가 눈을 뜨지 않는다고 의사가 진료할 수 없다.'하고 치과에 가서 스케일링 부탁하면 '환자가 협조를 하지 않아 불가하다.'하는 등 병원에 다니는 일 자체도 어려웠던 기억이 나네. 내 생각에 당신에게 대장암 증세는 없는 것도 같아 말라가는 문제는 그 뒤로 묻어만 두고 있었지.

집 샤워 부츠에 들여놓은 중환자 용 목욕의자의 중간에 홈이 파져 있는데 그 의자에 당신을 앉히면 너무 마른 까닭에 자꾸 그 틈새로 당신이 빠지는 거야. 그때마다 이러지도 저러지도 못하고 그 말라가는 당신을 바라만 보고 있던 나의 한심한 모습이 다시 보이네. 운동을 못하니까 근육이 사라지고 근육이 없으니까 더 운동을 못하는 악순환의 고리가 찾아오고 그러다가 결국 뼈만 앙상하게 남아 휠체어나 침대 신세를 지다가 세상을 하직하는 것이 치매 노인의 길인가? 그래도 당신은 평화로운 모습으로 떠나갔어. 몸은 비록 성냥개비처럼 되어갔지만 마음만은 편했던 거야? 영혼을 이루고 있던 에너지는 빛이 되어 얼굴을 환하게 비추었었나 봐.

19.

　버리기 위해 옷걸이에서 숙이 입던 옷들을 벗겨내다가 마지막 겨울 동안 입었던 셔츠들이 눈에 띄였다. 갑자기 슬픔이 몰려온다. 챙겨서 다시 옷걸이에 걸었다. 도저히 버리지 못하겠다. 마지막 순간들이 떠올라서. 여보! 난 슬픔을 당신의 선물로 간직하려오. 하늘을 감동시키지 못하고 떠나 보낼 수밖에 없었던 인간의 슬픔을 기억하고 하늘을 감동시킬 또 다른 마지막 노력을 하려 하오. 생각해보면 나는 기도하며 당신을 살려 달라고 해보지 않았소. 하늘의 뜻도 모른 채 그리할 수가 없었기 때문이오. 그래서 나는 항상 '뜻대로 하소서.'하고 기도하고는 하였지. 하늘이 당신을 사랑하셨을 터이니 준비된 길로 안내하실 것이며 그 길이 치료의 길인지 하늘나라로 부르는 길인지는 하늘이 결정하실 일이다 이렇게 생각하였었지.

　그러나 지금 생각해보면 나도 매달려 볼 것을 그랬나 보오. 살려 달라고. 나하고 더 같이 있게 해달라고! 그러나 그런 기도는 역시

할 수 없을 듯하오. 열린 창으로 새벽 새들이 노래하는 소리가 들리오. 나 보고 '하늘에 맡기는 것이 옳았어요.'하네. 우주의 운행에 편승한 것이니까. 우주라는 생명체에 합류 한 것이니까. 내가 어떻게 우주의 운행에 역행을 하겠나?

 오늘도 새벽에 꿈을 꾸었소. 당신과 같이 비행기 타고 여행하는 꿈을. 비행기 좌석에 앉아 당신이 무슨 종이를 들여다보고 있었는데 웬 사람이 나타나서 경찰이라며 도박하면 안 된다고 그 종이를 빼앗어 갔어. 참으로 이상한 꿈이야. 당신은 생전에 단 한 번도 도박을 한 적이 없었는데 어떻게 꿈에서 도박을 하고 있는가 말이지. 내가 경찰을 찾아가 항의를 했지. 처음에는 그것이 왜 도박이 되는지 이론으로 따지려다가 결국 당신이 치매 환자임을 얘기하고 도박이라도 할 줄 안다면 고맙겠다고 얘기했지. 그래, 두뇌 훈련이 될 터이니 정말 도박이라도 한 번 해볼 것을 그랬나?
 그런데 당신은 무엇을 걸고 도박을 하려 했을까? 혹시 다시 환생하는 것에 운명을 걸어 보려 한 것 아니야? 내가 낮이고 밤이고 당신을 찾으니 안 되겠다 싶어 다시 오려고 한 것일까? 자세히 그 꿈을 다시 상기해보니 당신이 떠날 즈음 보여주던 그 빛나던 광휘는 사라지고 당신은 평상복 차림으로 비행기 좌석에 앉아 있었어. 전에 보았던 그 환상적이던 흰 빛은 혹시 저세상으로 입문하는 환영식에서만 반짝이다 이제는 사라진 것인가? 마치 지나가던 손님을 끌기 위해 잠깐 환상을 보여주다가 손님이 들어오니 나 몰라라 하듯 말이지.

　천국의 광휘가 결국 잠시의 환영이었다는 말인가? 아니면 열반의 광휘가 얼핏 보였다가 그 열반 상태가 지속되지 못하고 다시금 108번뇌의 고리, 낳고 죽는 생사의 고리에 묶여버린 것인가? 내가 보았던 당신을 휘감고 있었던 광휘는 진정한 영속적인 열반의 광휘가 아니고 잠깐 동안의 깨달음에 나타나는 희열 같은 것이었나? 그렇다면 그 잠깐의 깨달음 뒤 찾아오는 퇴영 현상을 지금 겪고 있는 것인가? 우주에서도 지상에서처럼 열반에 이르는 수많은 깨달음의 수련 과정이 반복되는 것인가? 여보! 그런데 당신이 환생하면 머물 몸은 지금 땅속에 있어. 다른 모습으로 다른 이의 몸으로 나타나면 내가 어떻게 알아보겠어? 뭐? 그래도 알아볼 수 있다고?

20.

　여보! 그림을 하나 그렸어. 광휘에 휩싸여 있는 당신의 모습 그리고 같이 가지 못하고 지상에서 망연자실한 나의 모습을 그려 넣었지. 그림을 그리면서 생각했어. 우주 공간으로 날아 오르는 비행 물체가 대기와 마찰하며 외부가 불에 휩싸이는 모습과 당신의 영이 광휘에 휩싸이는 모습이 왜 유사할까 하고. 영혼도 물질인가? 그래서 물질이 다른 물질과 부딪는 순간 빛이 발생하는 것인가? 앞에서 말한 사후세계라는 책에 임사체험을 한 어떤 소방관은 자기가 본 실체는 "자기 본질의 일부인 굉장히 눈부신 빛"이었다고 밝히고 있고 "내면의 빛"이라고 표현한 사람, "에너지가 내 주위를 깜싸고 내게 스며들며"라고 체험 현상을 기억한 사람도 있었어. 또 어떤 사람은 빛에서 "무궁무진한 평화" 또는 "육체적 경계가 없어지는 느낌"을 느꼈다고 표현한 사람도 있는 것을 보면 분명 이 지상에서는 경험할 수 없는 지극한 무엇이 있음이 분명한데 그것이 무엇일까?

오늘 한라산에 갔어. 추억의 숲길이라고 옛 사람들이 산속에 터를 이루고 살며 농사도 짓고 사냥도 하며 다니던 길이 지금은 거목들로 이루어진 숲길이 되었는데 그 길을 간 것이지. 한 다섯 시간 걸려 그 추억의 숲길을 돌아 집에 왔는데 생각해보니 당신은 우주에서 와서 우주로 가 있는 거야 지금. 우리는 서로 스케일이 다르네. 당신은 우주를 무대로 하고 나는 겨우 한라산을 무대로 하고 있으니 말이지. 숲길을 걸으면서 생각했어. 그 숲길은 마을 사람들이 옛 선조들의 발자취를 추모하기 위해 정성을 다해 조성하고 관리하고 있는 현장으로 고마운 생각이 절로 날 정도로 지극 정성을 들인 흔적이 역력했어. 내가 정말 이 마을 사람들처럼 지극 정성을 다했다면 당신하고 숲길을 걸었어야 했다는 생각이 드는 거야. 걷지를 못하면 업어서라도 당신으로 하여금 숲의 향기에 노출되게 했어야 했어. 그런데 그렇지 못하고 나는 이 숲길 앞까지 왔다가도 입구의 계단을 보고 지레 겁먹고 돌아서고는 했었지. 지금 두 달째 나를 괴롭히고 있는 잦은 기침과 아픈 폐가 숲속에서는 평안해지며 할 수 없었던 심호흡도 되고 있어. 내일은 편백 나무숲에 가서 심호흡 훈련을 하려고 해. 나는 왜 좀 더 철저하지 못했을까? 지금 가 있는 우주가 정말 편안해? 그렇다면 지상에서의 삶이란 도대체 무슨 의미를 갖고 있는 것일까? 당신이 남겨 주고 간 그 맑은 눈동자와 내가 꿈속에서 본 당신을 둘러싸고 있던 그 광휘는 우주적인 것인가 지상적인 것인가? 예수가 부활하여 제자를 만나던 순간은 예수 사망 직후이고 그 후로는 예수를 본 사람이 없으니 그 장면도 내가 보던 광휘 같은 것 아니었을까? 사망 직후 나타나는 영적 광휘 같은.

예수의 부활 상황을 기록한 성경 기록들을 찾아보았어. 아! 그 기록들도 광휘를 언급하고 있었어. 마태복음에는 예수의 무덤 속에 예수 대신 있던 천사의 형상을 "그 형상이 번개 같고 그 옷은 눈같이 희거늘…"이라고 표현했고 누가복음에도 "찬란한 옷을 입은 두 사람"이라고 빛에 싸인 형상을 언급하고 있었으며 요한복음에도 흰옷 입은 두 천사가 예수의 머리 편과 발치에 앉아 있던 모습을 기록하고 있었어. 부활했다는 예수를 대면하는 제자들의 반응을 보면 이는 살아 있는 육신과의 교통이 아닌 영적 교류를 하고 있는 순간의 기록이 분명해. 예수는 먼저 막달라 마리아에게 현신하였는데(마가복음 16장 9절) 이는 당신이 나에게 나타난 것과 같은 현상이었겠지. 부활한 예수는 그 후 두 사람의 제자가 시골길을 걸어 갈 때에 다른 모습으로 나타나셨으나(같은 장 12절) 제자들이 알아보지 못하였다고 하고, 요한복음 20장에는 서 계신 예수를 보고도 제자들이 알아보지 못하였고 또 방문은 닫혀 있는데도 예수가 방에 나타나셨다 했으니 이 역시 분명 영과의 교류 현장을 기록한 것으로 보여. 그런데 특이한 것은 사도행전의 기록이야. 사도행전 1장에 보면 "성령으로 명하시고 승천하신

▲ 열반

날까지의 기록"이라고 되어 있고 또 "해 받으신 후에 친히 사심을 나타내사 사십일 동안 저희에게 보이시며 하나님 나라의 일을 말씀하시니라."하여 성령과의 교류 순간들이 있었음을 분명하게 기록하고 있어. 그 기간도 40일이었다는 것인데.

여보! 오늘이 당신 49재라고. 그래서 묘소에 갔다 왔다며 아들이 묘소 사진을 보내왔네. 49재에서 말하는 49일 동안은 사후에 영이 순화되는 기간이라는데 법화경에는 이 현상을 업상염파(業相念波)*라고 설명되어 있었어. 즉, 업의 상념이 파동이 되어 이 세상에서 저 세상으로 회전한다는 것이야. 이는 육체 파동이 지니고 있는

더러움이 염(念)파동 의 빛으로 정화되는 순간의 표현으로 몸 안에 육체계와 유(幽)계의 파동이 흘러 들어와 그것이 신의 빛에 의해 소멸되어 가는 과정인데 일종의 정화 과정에서 나타나는 빛이라는 거야. 육계와 영계가 교류하는 순간이라는 것이지. 예수가 요단강에서 세례를 받고 황야에서 40일 동안 악마의 유혹을 받는 모습이나 석존이 네란자라강에서 몸을 씻고 나신 후 49일 동안 부다가야의 보리수 밑에서 악마의 유혹을 받는 장면도 바로 이 업상염파의 기록이라고 설명되어 있었어. 즉 정화 과정인 것이야. 내가 빛에 싸인 당신을 본 것도 이승에서 저승으로 가는 정화되는 과정 중의 한순간이었나 봐. 정화 과정이 끝나면 빛은 사라지고 영적 교류도 끝이 나나? 보통은 49일 이후 환생한다는 것이 불교의 일반적 설명인데 열반한 영혼들의 경우는 환생이 없는 모양이지? 열반한 영혼들과는 영적 교류가 계속될 수가 있을까? 아니면 이들은 개체의 성질을 상실하고 우주의 일부분이 되어 버리나? 그래서 우주와는 영적 교류가 되어도 개체와는 아니 되는 것인가? 나는 지금도 당신과 같이 있는 것 같은데. 당신과 항상 말을 주고받고 있는데 말이지. 같은 책자에서 보니 "자기와 신이 하나가 될 때에 인간은 구원을 받는다" 하였고 "너희들 자신을 안다면 곧 너희들이 하느님의 아들인 줄 알게 될 것"이라는데 이것이 곧 열반이라는 상황인가?

아직 같이 있어요

떠나갔다고요? 멀리 안 보이는 곳으로?
아니, 더 가까워졌어요 한몸처럼
매 순간 나는 느끼고 있어요
당신을

못 걷던 길도 나와 같이 걷고
못 오르던 계단도 이제 같이 오르고 있어요
왜 눈물은 계속 나올까요 같이 있는데도
고마워서요, 살아 있을 때보다 더 같이 있어 주니까요

* 민희식, 법화경과 신약성서, 불일출판사 1986

21.

　어제 또다시 성산 일출봉 부근에 갔어. 해군 동기가 의료봉사를 한다며 일군의 의사들을 대동하고 성산 지역에 내려왔기에 얼굴도 볼 겸하여 갔었지. 의사들 중에는 작년에 왔을 때 당신을 진료하던 이도 있었어.

　작년에 휠체어에 탄 당신을 본 의사가 한마디 사전 설명도 없이 대뜸 침을 꺼내 들고 당신 머리에 여러 개의 침을 놓았던 일이 있었지. 문제는 그다음 날 벌어졌어. 갑자기 당신 발이 꼬이기 시작했던 거야. 자꾸 꼬이니 발을 앞으로 내디딜 수가 없어 도무지 걸을 수가 없었지. 그전에도 걷기 자체는 어려워했지만 그래도 부축해주면 한발 한발 걷던 당신이 이번에는 꼬이는 발 때문에 도무지 전진하지 못했어. 그래서 그 이후로는 걷기 자체를 시도할 수도 없었고 화장실 가는 것도 안아서 옮겨야만 했지. 서 있지도 못해 샤워를 시키는 것도 힘들었어. 운동을 해야 하는데 운동을 할 수 없는 상황이 그 뒤로 여러 달 계속되고 점점 종말을 향해 가고 있는 당신의 모습을 나는 보고 있어야만 했지. 그 현상이 의사의 침 때문인지 아니면 진행된 병의 현상인지 알 수가 없었어.

 선의로 제주까지 내려와 진료한 의사에게 항의할 수도 없는 일이라 혼자 끙끙거리다가 제주도 내 한의사 현황을 조사해서 그 원인을 밝혀 다시 침 치료를 받으려고 시도했던 적이 있었지. 그러나 그것 역시 불안하여 포기하고 결국 다니던 병원에 가서 현상을 설명하였는데 의사는 담담하게 "이제 곧 손도 그리됩니다." 하였지. 그 진료했던 의사, 침을 놓은 의사를 어제 다시 만났어. 당신의 그 꼬이던 발 얘길 할까 말까 망설이다가 자칫하면 항의로 여길 수도 있는 일이라 다 지나간 일을 가지고 선행 차 내려온 의사의 마음을 휘저을 필요가 없다는 생각이 나서 그냥 반갑다고 포옹하였지. 그랬더니 그가 "깊은 위로를 드립니다" 하더라고. 언젠가는 얘기를 하고 답을 얻어야 할 터인데…. 셰익스피어의 햄릿이 생각났어. 생각은 하는데 행동으로는 이러지도 저러지도 못하는 존재, 그 존재가.

22.

　숙이 무엇인가 날카로운 물건을 입으로 가져가는 꿈을 꾸며 놀라 잠에서 깨었다. 그리고 나서는 옛일들이 머릿속에서 정리가 되어 가는 것이었다. 이처럼 나를 놀라게 하던 무언가 먹으려는 시도는 현실에서는 예쁜 물건들로부터 시작되었었다.

　영종도에 있을 때였다. 그날도 산책 도중에 잠시 쉬려고 공원 벤치에 앉아 있는데 숙이 무엇인가를 집는 것이었다. 보니까 예쁜 빛이 나는 돌이었기에 나는 순간 기뻐했다. 감성이 살아있다는 증거였으니까. 그러나 잠시 후 나는 너무나 놀라 숙의 입을 벌리고 그 돌을 꺼내야만 했다. 숙이 그 돌을 입에 집어 넣었던 것이다. 그 뒤로도 그런 일들이 가끔 발생해서 앉아있어도 항상 숙을 주시하고 있어야만 했다. 한번은 깨어진 유리 조각들이 입으로 들어간 적도 있었다. 아마도 반짝반짝 빛나던 것들이 숙의 호기심을 끌었던 듯한데 그날 나는 절규하며 눈물을 흘렸던 기억이 난다. 그런데 숙이 관심을 표하는 물건들의 종류가 점차 바뀌어 갔다. 처음에는 화려한 색이나 반짝이는 물건들이 주로 숙의 주의를 끄는 듯했는데 세월이 가면서 점점 색이 바래고 누추하며 생명의 느낌이 없는 것들로 바뀌어 갔던 것이다.

제주로 이사 온 이후에는 길을 가다가도 잠시 멈추고 떨어진 낙엽들을 줍고는 하였는데 예쁜 낙엽은 다 놓아두고 거의 탈색이 다 되어 가루가 되기 직전의 것들만 주로 집어 드는 것이었다. 마치 자신처럼 힘이 없고 생명감이 안 느껴지는 것들만 집어 드는 것을 보고 나는 너무나 놀라고 걱정스러웠다. 지각은 없어져 가지만 감성은 살아 움직이며 자연과 하나가 되어 가고 있는 숙을 보며 한편 기쁘고 다른 한편 생명이 소멸되어 가는 모습을 옆에서 지켜보는 슬픔이 몰려오고는 했었다.

생의 마지막 단계에서도 숙은 남들이 전혀 관심을 갖지 않을 그런 다 헤어지고 낡은 존재들에게만 반응을 보이고는 했었다. 손으로 집거나 하지는 않았어도 분명 멈칫하며 잠시 주시하고는 해서 내가 집어 주고는 하였는데 막상 손으로 쥐지를 못해 흘리고는 하였다. 그때마다 얼마 남지 않은 생의 끝이 보여 나는 푸른 하늘을 올려다 보며 "이 모습을 보고만 계십니까"를 되뇌다가도 하늘에 불경죄를 지을까 두려워 "뜻대로 하소서"를 외우곤 했었다. 그러나 그런 과정이 모든 것을 버리고 그 비운 공간을 자비로 채우며 열반으로 가는 모습이었음을 이제 나는 확실히 안다. 입산 수도를 하지 않아도 숙은 생활 속에서 열반의 길을 가고 있었던 것이다.

우주의 문이 열리면

메마른 대지에 비가 내린다
생명들이 놀랄까 보아 소리없이 적시고 있다
붉은 꽃 노랑꽃 다 놓아두고
짓밟힌 낙엽, 메마른 풀잎들만 주워드는 내 처
들어가는 영혼 위에도 드러누운 풀잎 위에도
자비로운 비가 내린다 사랑 노래를 부르며

우주의 문이 열리고 영원과 하나 되는 때
바로 열반의 때가 오면
광휘에 싸인 노랫소리 들려오겠지
꽹과리 태평소 소리 하늘 높이 퍼져 오르겠지
나의 울음 소리 또한 수미산처럼 높아지겠지

23.

장마가 시작되었다. 내 뇌리에 남아 있는 근래의 장마철은 답답함, 그것이었다. 비가 자주 오니 산책을 위한 외출이 어려워 근육이 없어져 가는 숙을 보면서 한숨을 쉬던 내 모습이 답답함과 더불어 떠오른다. 작년 장마철에는 내가 무엇을 했었나 궁금하여 1년 전 써놓았던 일기들을 열어 보았다. 작년에는 6월 24일 밤부터 시작된 장마가 7월 중순까지 거의 매일 계속되었던 모양이다.

금년에는 6월 21일부터 장마가 시작되었으니 작년에 비해 약간 빠른 편이다. 작년 나의 6월의 일기에는 거의 매일 "추적추적 비가 내린다" "비가 세차다" 등으로 시작되는 날들이 많았고 7월 들어서며 비가 안 오는 날들이 가끔 있어서인지 밖에 산책을 나간 이야기들이 기록되어 있었다. 그런데 유독 "책이 안 읽어진다" "그림이 안 그려진다" 등 무언가 불안한 모습들이 언급되어 있었고 그 이유가 신체 리듬이 깨져서인 듯하다는 나름대로의 판단이 부기되어 있었다.

왜 리듬이 깨졌을까? 비로 인해 매일 하던 산책을 할 수 없어서였던가? 잠을 잘 잘 수가 없었던 듯, 밤중에 자주 깨어난 날들이 많았고 이상한 꿈들을 꾼 사실들이 기록되어 있었다. 하루는 꿈속에서 내가 예비군 훈련에 동원되었다가 빚을 많이 지고 빚쟁이들에 쫓기면서 귀대하기 위해 그 현장에서 탈출하려고 애쓰고 있는데 창문으로 나오려 하면 모기장에 걸리고 그 자리에 같이 있던 처는 묘한 춤을 추며 깔깔거리며 웃고 있고 나는 점점 초초해져서 마음은 급하고 이러지도 저러지도 못하다가 크게 소리 지르며 깨어났다는 기록이 남아 있는 것을 보면 잠도 제대로 자지 못했던 것 같다. 무엇인가로부터 탈출하려 했다는 것을 보면 아마도 매일매일 소멸되어 가는 숙을 보며 아무것도 하지 못하고 전전긍긍하는 나 자신이 마치 감옥에 갇힌 형국이라 느끼며 죄의식을 갖고 있었던 듯하다. 아마도 그즈음이었을 것 같다. 화장실 변기에 앉아 있던 도중 자꾸 땅으로 굴러떨어지는 숙의 모습을 보기 시작한 것이.

아침에 숙이 잠에서 깨어나면 나는 부축하여 화장실로 가 변기 위에 앉히고는 하였다. 그리고는 주방에 나와 아침 식사 준비를 하다가 일을 다 보았을 때가 되었다 싶으면 다시 화장실로 가서 일으켜 샤워를 시키고는 하였다. 그날도 평소처럼 취사 준비를 하고 있었는데 갑자기 쿵 소리가 났다. 놀라서 화장실로 뛰어 가보니 숙이 바닥에 쓰러져 있었다. 바닥에는 피가 흥건히 배어 있었고 일으켜 보니 이마에서 피가 터져 나와 눈으로 흘러

들어가고 있었다. 정신없이 알콜 솜으로 피를 닦아 내고 반창고를 붙이고 한바탕 소동을 겪은 후 혹시 뇌진탕이 오지 않았을까 걱정이 되어 아침에 병원에 가서 뇌 사진을 찍어 보았으면 한다고 말하니 병원 의사가 나를 의심한다. 내가 혹시 폭력이나 행사한 것이나 아닌지 이것저것 물으며 마땅치 않은 얼굴을 하며 의심을 버리지 못했다. 사진 결과가 나온 뒤에야 치매로 축소된 뇌를 보고 그제서야 동정어린 얼굴을 하며 "다행히 뇌진탕은 아닙니다."라면서 "힘드시겠어요."하는 것이었다. 그 뒤로도 여러 번 같은 일이 반복되었다. 이제는 화장실에 앉혀 놓고 곁에서 지켜야 하는 처지가 되었다.

   세상을 떠나기 몇 달 전부터는 보험 공단에서 정보를 얻어 변기 주변에 장애인용 안전 지지대를 설치하였다. 그 이후 다소 안심하게된 내가 다시금 숙을 변기에 앉혀 놓고 내 일을 하기 시작하던 어느 날이었다. 그만 일으킬 시간이 되었다 싶어 화장실에 갔더니 놀랍게도 이 사람이 다시 변기에서 굴러떨어진 채 바닥에 웅크리고 엎드려 있는 것이었다. 몸이 지지대 사이로 빠진 것이었다. 바닥에 떨어지면서도 신음 한마디 뱉지 못해 내가 전혀 알아채지 못한 채로 또다시 피만 흘리고 있었던 것이다. 나도 모르게 내 목에서 통곡 소리가 나왔다. 그때는 폐로 들어가는 혈액이 굳어지는 혈관폐색증으로 입 퇴원을 반복하던 때였는데 피를 흘리게 되면 피가 굳어지지 않으니 특히 주의하라는 얘기를 듣고 있던 터라 절대로 피를 흘려서는 안된다고 인식하고 있던 시절이었다. 그래서 절망적인 절규가 나도 모르게 터져 나왔던 것 같다.

  다행히 어렵게 구해놓은 혈액 응고제가 있어 약을 상처에 뿌려 주어서인지 얼마 후에 보니 피 흐름이 멈췄다. 그 후로는 아예 변기에 앉힌 후 일을 마칠 때까지 내내 붙잡고 있어야 했다. 휠체어에 앉혔을 때도 불안해서 옆을 떠날 수가 없었다. 그러면서도 감사했다. 나를 필요로 하는 사람이 있고 그 덕분에 같이 있는 시간이 길어져서.

24.

 숙이 말을 못하게 된 때가 언제부터인지 잘 기억이 없다. 점점 말하는 횟수와 사용하는 단어가 줄어들어 갔었던 것 같다. 5년쯤 전 대학 선배가 한국 신경과의 선구자이며 세계적 명의라며 의사분 한 분을 소개해 주셨다. 신경과 불모지였던 우리나라에 제일 먼저 신경센터를 설립하여 운영하다가 은퇴 후 한 종교단체에서 운영하는 가평 소재 의료기관의 모심을 받아 그곳에서 진료를 계속하시는 분이었다. 당시에는 영종도에 살 때여서 전철 타고 버스 타고 택시로 갈아타고 하며 먼 길을 찾아갔었다. 인지력을 검사하는데 검사원이 졸업한 대학교 이름을 묻는데 답을 못하고 남편 이름을 물으니 머뭇거리다가 갑자기 나온 말이 "어! 알았었는데"였다. 그것을 보아서는 그때만 해도 말을 했었으니 아마 그때 이후로 점점 말을 잃어 갔던 것 같다. 그러면서 몇 마디 말을 하는데 그 말들은 "그래"이거나 "아니" 또는 "응" 등 자기 뜻을 나타내는 단 한마디 말들이었다. 따라서 나도 말을 듣고 할 기회가 점점 적어져

갔다.

제주도로 이사 온 이후에도 그런 시간이 계속되자 나도 모르게 사람들의 말소리가 그리워져 가끔 찾아간 곳이 바닷가 카페였다. 나를 찾아온 해군 동기가 소개해 준 곳이었는데 베토벤이 작곡을 할 때면 반드시 커피 원두 60개를 넣어 차를 마셨다는 고사에서 근거하여 '60 beans'라고 이름지었다는 카페다. 아름다운 정원이 있는 벼랑 위 이 카페에는 바다가 내려다보이는 전망 데크가 있었는데 그곳에 앉아 있으면 즐겁게 이야기하는 관광객들의 이야기가 들려오곤 했다.

그들의 말소리를 들으며 나는 살아 있음을 느끼곤 하였다. 말을 할 기회가 줄어들어 말이 어눌해지는 느낌이 들고 단어들이 생각나지 않는 현상을 경험하게 되었기에 그 카페에 가는 일이 자주 있게 되었다. 나에게 말을 건네오는 사람이 있으면 그야말로 반가웠다. 하루는 어느 아주머니가 말을 걸어왔다. "어떻게 그렇게 지극 정성으로 처를 보살피는가?"하며. 그래서 그 뒤로는 가끔 만나 얘기를 주고받고 하였는데 얘기를 해보니 그 아주머니 역시 몸이 아파서 요양차 이웃한 바닷가 빌라에 내려와 있는 상태였고 나처럼 사람들이 그리워 가까운 이 카페에 나와 앉아 있는 것이 유일한 낙이라고 했다. 그러나 그분은 얼마 지나지 않아 정기적으로 수혈을 해야 한다며 서울로 올라갔다. 그리되니 또다시 적막이 찾아왔다.

그 아주머니는 불교 신자였었는데 "산은 산이고 물은 물이다"라는 법어를 남기고 열반하신 조계종 종정 스님을 내가 닮았다며 나에게 부담스럽게도 '성철 스님'이라 이름 지어주고 떠나갔다. 하루는 거울을 보니 정말 거울 속에서 웬 스님이 보이기에 나도 놀랐다. 아마도 말을 하지 못하는 기간이 길어지며 나도 모르게 묵언 수도하는 스님들의 모습이 형성되었었나 보다. 이번에는 대학 선배로 유명 화가분이 서귀포에 화실을 차려 내려오셨기에 몇 번 만나 이야기를 주고받고 하였는데 그분마저 어느 날 갑자기 치료차 상경하고 나니 또다시 얘기할 상대가 없어졌다. 내가 이런 상태를 하소연하니 서울에서 친구들이 부부로 내려와서 몇 차례 벗해주고 올라갔다. 그중에는 쌀이며 반찬거리까지 들고 와 밥을 해주고 간 친구 부부들도 있어 눈물겨운 순간도 있었다. 나는 그 친구들을 위해 그 카페 구내에 있는 펜션을 숙소로 잡아 주었는데 그날은 무슨 일인지 방에서 내려다보이는 바다에 싱가폴 항구를 연상시킬 정도로 수많은 배들이 떠 있었다. 친구들 중 한 부부는 싱가폴에 주재했던 경험이 있는 부부였는데 말로 표현하기 어려운 환희가 선물로 그날 그들의 자비에 보답하고 있는 듯했다.

25.

폐혈관 폐색증으로 입원 이후 비슷한 증상이 나타날 때면 나는 놀라 응급실을 찾았고 그때마다 며칠씩 입원했다가 퇴원하는 일이 반복되던 어느 날 저녁 평소처럼 칫솔질을 하기 위해 칫솔을 숙의 입에 넣었더니 이상하게 입속에서 음식이 많이 나오는 것이었다. 저녁에 먹은 음식을 삼키지 못하고 입에 간직하고 있었던 것이다. 그 이유를 모르던 나는 음식만 빼어내고 입을 씻어낸 후 평소처럼 잠을 재웠다.

그런데 유사한 현상이 그 후로도 계속되는 것이었다. 조금 심해지니 아예 음식을 먹으면서 동시에 그냥 전부 밖으로 흘리는 것이었다. 옷도 다 버려가면서. 그제서야 나는 숙이 음식을 넘기지 못하고 있다는 사실을 깨닫게 되었다. 결국 통 먹지를 못하니 점점 힘이 없어져갔고 급기야 영양주사에 의존하게 되었다. 일주일에 3회씩이나 맞아야 하기도 했다. 찾아갔던 동네 병원의 의사도 우리 처지가 불쌍하게 여겨졌는지 비용을 반만 청구하는 자비를 보이기도 했다.

고마웠다고 인사라도 해야 하는데 아직 가지 못했다. 그러나 음식을 전혀 먹지 못하며 영양주사에만 의존하는 것은 죽음에 이르는 길이라는 것이 이내 명확해졌다.

어느 날인가 눈이 또 돌아가는 모습을 본 나는 놀라 다시 응급실로 갔고 입원시킨 후 음식을 콧줄에 의해 넣어주게 되었다. 약도 먹을 수가 없게 되어 역시 가루를 내어 콧줄로 넣어주게 되었다. 그러나 간혹 넣어 준 음식이 목에서 넘어오는지 칫솔질할 때 잔존물이 때때로 나오곤 했다. 내 마음은 초조해져 갔다. 마지막 순간이 다가오고 있는 듯해서.

그림 하나

그리다 중단된 채 놓여 있는 그림 하나
님이 떠나던 전날 내가 그리던 그림
한 편에선 생명이 가물가물 저물어 가는데
아무것도 모르고 그리고 또 그리던 그림
이상하게 삭막하다
그림은 영의 반사경이었나
내가 아닌 영이 그린 것이었어?

26.

    가평 의료센터의 그 신경계통의 권위자인 그 의사분은 약이 듣지 않는다며 "더 강한 약을 처방해 드릴까요?"라고 물었었다. 그 말뜻은 약이 앞으로도 점점 강도가 높아져야 한다는 뜻이었고 그것은 약이 부작용이 있음을 동시에 내비치고 있었던 것이다. 나는 놀라 거절했다. 약으로는 치료가 안 되는 병이다 라고 그분은 암시하고 있었다. 약으로는 치료가 안 되는 병, 그러면 어찌해야 하나. 나는 그날 '사랑' 그리고 '자연의 은총'이라는 두 관념을 떠 올렸고 이어서 제주도 이주를 생각하게 되었다.

    제주도에 내려와서는 약을 멀리하고 오직 주변을 걷는 것에만 몰두하였다. 사랑만이 이 사람을 살리는 길이라 믿고 간절히 빌며. 그렇게 일 년을 하니 눈에 띄게 좋아진 모습을 보게 되었다. 그 원칙을 계속 지켰어야 했다. 그러나 제주에 살고 있던 친구가 나더러 장애인증을 받으라며 권하기에 그리고 나 역시 주차하는 행위와 차에 태우고 내려 주는 행위에 어려움을 느끼고 있었기에 장애인증을 받기 위한 절차를 알아보게 되었다. 그 요건 중에는 파킨슨병으로 일 년 이상 치료 기록이 있어야 된다는 조항이 있었다. 그래서 병원에 가게 되었고 의사의 권유로 파킨슨병 치료 약을 취침 전에 먹게 하였다.

그런데 그 약을 먹고 나니 도무지 밤에 잠을 못 자며 뒤척이는 것이었다. 먹는 주기를 아침으로 변경했더니 이번에는 하루 종일 낮잠만 자는 것이었다. 잠을 못 자게 하거나 종일토록 잠만 자게 하는 그 약에 더 이상 의존할 수 없었다. 의사와 상의하였더니 그 약이 사람을 그렇게 만드는 경향이 있다며 난처해 한다. 약이 아무리 좋아도 사람을 하루 종일 잠만 자게 하거나 밤잠을 못 자게 하는 것이 생의 마지막을 걷고 있는 환자에게 무슨 의미가 있을까? 종착역을 향해 가고 있는 사람에게는 고통만 줄뿐 그야말로 할 일이 아니었다. 의사와 상의하여 파킨슨 약을 끊었다. 금단 현상이 있을 것이라고 의사가 얘기했으나 그것은 감당해야 하는 일이었다.

그리고는 일반 치매약만 먹게 하였다. 그것 역시 실수의 시작이었음을 나는 지금 후회하고 있다. 약을 다시 먹게 되자 잠시 좋아지는 듯하더니 어느 순간 갑자기 급전직하 퇴보하는 현상이 나타난 것이다. 그 현상이 예고된 것이었음을 나중에야 책을 보며 알았다. 생각해 보면 뇌의 신경을 자극하는 약을 먹으면 신경이 긴장되어 있다가 어느 순간 그 긴장을 이기지 못하고 마치 고무줄처럼 끊어져 버리는 현상이 생길 것은 너무나 당연한 수순이었다. 도파민이라는 약이 그렇게 작용한다고 임상의들이 책에 기록하고 있었다. 가평의 의사분이 얘기했던 것이 바로 이런 것이구나 싶었다.

뇌가 몸이 전하는 말소리에 귀 기울이고 스스로 그 요구에 반응하도록 뇌에게 시간을 주고 판단하게 했어야 했다. 자연 속에서 꾸준하게 운동을 하며 뇌의 회복 능력을 믿었어야 했던 것이다. 그것이 창조주의 뜻에 맞는 행위였다. 물론 약을 권하는 의사들의 고뇌도 이해한다. 또 나의 경우가 다른 사람들의 경우가 되리라는 법도 없을 것이기는 하지만 나는 내가 약과 제도에 굴복하였음에 지금 후회하고 있다.

27.

    2년 반 전 제주로 내려오려고 준비할 때, 치료를 계속하기 위해서는 아무래도 진단서가 필요할 듯하여 다니던 병원에 가서 진단서를 발급받았던 일이 있었다. 진단서를 받아든 나는 놀랐다. 그 진단서에는 병의 원인을 외상성이라고 하고 있었고 병명을 치매라고 적고 있었기 때문이었다. 외상성이라니! 그렇다면 혹시 그일이 아니었을까? 돌연 생각나는 일이 있었다.

    약 십여 년 전인 2010년, 미국발 금융위기라는 전쟁터 속에서 매일 신음하며 살길을 궁구하던 나는 엎친 데 덮친 격으로 세금 폭탄을 맞게 되었다. 당시 몰아친 금융위기는 우리의 외환 시장을 요동치게 하여 달러 대 한화의 환율이 50% 가까이 오르기도 했다. 외국 지출이 많았던 나의 사업은 된서리를 맞고 있었다. 국제적으로 저명한 예술인들을 초빙하여 연주회를 갖는 것이 주요 사업이었던 관계로 예상치 않았던 원화의 대폭적인 가치절하는 그대로 모두 나의 재정 부담으로 귀결되었던 것이다.

또 하나 다른 사업이었던 여행사는 뛰어 오른 환율 문제로 여행가려는 사람이 아예 없어 말 그대로 개점 휴업상태가 되어 있었다. 따라서 도무지 수입은 없이 지출만 계속되는 상황에 놓여져 있던 인고의 시절이었다. 그런 상황 아래에서 외국 연주자들에게 보수를 지급할 때 원천징수 의무를 이행하지 않았다며 3년 치가 소급되어 세금이 부과되었다. 신고불성실 가산세까지 붙어 총액은 수억 원 대가 되었다. 그것은 완전히 세무서 담당자의 달라진 법 해석에 기인한 것이었는데 담당자가 바뀌며 전혀 반대의 해석으로 세금을 부과하였던 것이다. 전에 있던 담당자는 외국 법인과의 거래에서는 원천징수를 할 필요가 없다고 했고 새로운 담당자는 법인과의 거래에서도 개인과 마찬가지로 원천징수를 해야 한다는 입장 차이를 보인 것이다. 기가 막힌 것은 당당 과장의 답변이었다. 내가 항의차 찾아갔을 때 세무서 담당과장은 나에게 '자기들은 예외 없이 외국법인을 상대해서도 원천징수를 해야 한다는 입장을 시종일관 견지해 왔다.'고 태연하게 말했고 중간에서 그 업무를 중개한 세무사 역시도 그 역전의 해석에 당황하고 있기는 나하고 다를 바가 없었다.

혹시나 하여 관련된 이중과세 방지 협정의 내용을 다시 읽어 보았다. 내가 읽어 보아도 그 규정은 모호했다. 대한민국의 세무 당국이 하루아침에 얼굴을 바꾼 것에 황당할 수밖에 없었던 나는 이런 나라에서는 더 이상 사업을 않겠다고 내심으로 결정하고 그

후로 사실상 영업을 중단했다. 그러나 세금은 납부하여야 했기에 양평 전원주택과 분당에 있던 빌라를 팔려고 내놨다. 당시로서는 두 집 중 한 채만 팔려도 세금 문제를 해결할 수 있다고 판단했었기에 집을 팔고 사업을 아예 청산하려 했던 것이다. 그러나 금융위기 속 대한민국의 부동산 경기, 특히 전원주택과 고급빌라의 경기는 완전히 죽어있어서 팔려고 내놓은 지 1년이 지나가도 이들은 팔리지 않고 있었다.

세금을 납부하지 못하고 시간이 지나니 당시 회사의 25% 주주로 되어 있던 숙과 아들 앞으로도 세금이 고지 되어 왔다. 회사가 내지 못하니 주주 개인이 최종 책임을 지라는 것이었다. 그 세금 고지서를 받아 든 숙은 저축이 있어 그 예금을 모두 털어 나도 모르게 납세 의무를 이행하였고 아들 역시 소유하고 있던 아파트를 팔아 납부하였으나 50% 주주였던 나만은 그럴 자금이 없었고 팔려고 내놓은 집들은 팔리지 않아 나의 체납 상태는 계속되었다. 그 사이에 미납세금은 지연 배상금까지 가산되어 자꾸 불어만 갔고 기존에 은행에서 빌린 금융 분의 상환 연기가 세금 미납을 이유로 거절되거나 당초 보다 높은 이자율로 바뀌어 갱신된 후 이내 연체 상태가 초래되었다. 양평 전원주택을 전세를 주고 전세보증금으로 세금의 일부를 납부하였다.

양평 집마저 전세를 주었기에 갈 곳이 없어진 나는 큰아들로부터 자금을 지원받아 같은 양평에 아파트 한 채를 빌려 그곳으로 이사를 갔다. 어느 날 내 은행 빚에 보증을 섰던 숙 앞으로 부동산 압류 통보가 왔다. 처 명의로 되어 있던 양평 전원주택, 당시 제3자에게 전세를 준 그 집이 그렇게 압류되었다. 사태는 전세 입주자가 전세금을 당초 약속대로 내지 않고 일부를 후불 하겠다며 무조건 집으로 밀고 들어온 것에서 연유되었지만(전세보증금을 받아 해당 빚을 정리하려고 하였던 계획이었으나 약속 금액을 다 내지 않아 상환 금액이 부족하여 진 것이다.) 그럼에도 전세권 자체를 잃을 수 있는 상황에 처하게 된 전세 입주자가 놀라 항의가 심하고 나 역시 초래된 상황에 당황스럽고 또 전세권자의 어려움을 해소해 주어야 했기에 하는 수 없이 해당 빚을 청산하는 정도에서 그 집은 그냥 거의 취득 원가에 전세권자에게 넘겨줄 수밖에 없었다. 집을 개량하느라 들어간 많은 비용과 정원 가꾸느라 투자된 돈과 시간은 내 땀과 부담으로만 남았고 집은 그렇게 사라져 갔다.

그래도 아직 청산하지 못한 체납 세금 납부와 은행 빚 상환을 독촉하는 전화는 여전히 수시로 걸려 왔다. 사무실에서도 출퇴근하는 전철 속에서도 그리고 집에서도 밤과 낮을 가리지 않고 걸려 오는 전화에 시달려야 했다. 자기 소유의 아파트를 팔고 내 소유의 분당 빌라에 전세 들어와 살던 둘째 아들도 고통을 당하기는 마찬가지였다. 살고 있던 그 빌라가 경매에 넘겨진 것이었다. 24시간 항상 나하고 같이 생활하던 숙이 이 모든 상황을 같이 겪던 어느 날이었다.

그날도 하루 종일토록 회사에 둘이 같이 있다가 저녁에 양평으로

퇴근했다. 전철에서 내려 집까지 걸어오며 나는 아무 말 없이 앞서서 걸었다. 한참 걷다가 뒤를 보니 숙이 없다. 오던 길을 되돌아가며 찾았으나 어느 곳에서도 볼 수가 없었다. 다시 뛰어 집으로 갔다. 집에도 없었다. 혹시 전철을 타고 다시 서울로 갔나 싶어 다시 전철역으로 갔다. 역시 없다. 역무원에게 사정을 얘기하니 CCTV를 돌려 보게 해주었다. 아무리 뒤져도 없었다. 그렇다면 전철을 탄 것은 아니고 도대체 어디로 갔다는 말인가? 경찰에 신고하고 집으로 왔다. 역시 없었다. 한참을 그렇게 있는데 숙이가 들어왔다. 조용히 얘기를 꺼낸다. 이혼하자는 것이었다.

28.

　도저히 이혼만은 할 수 없는 일이었다. 왜 그런 요구를 했는지 숙의 처지를 나는 너무나 잘 알고 있었다. 그러나 그 요구에 동의할 수는 없는 일이었다. 모든 예금을 다 잃고 자기 명의 집마저 압류되어 있는 상황에서 혼자되어 길거리로 내몰리게 할 수는 절대로 없는 일이었다. 이혼은 나 역시 막다른 길목으로 몰리는 길이었다. 집을 잃고 이제 부인마저 잃어야 하나? 절대로 그렇게 할 수 없다는 생각이 나를 절박한 곳으로 몰고 갔다. 오고 가는 말이 점차 거칠어졌다. 한참을 그렇게 싸우다가 내가 마지막으로 윽박지르기를 "좋은 시절만 남편이고 어려워지면 남이 되는 거야? 그러고도 당신이 30여 년 학교에서 애들을 가르친 선생님이라고 할 수 있어?"라고 했다.

　숙은 몇 년 전까지만 해도 고등학교 교사였다. IMF 경제 위기 때 궁지에 몰린 나를 돕는다며 퇴직하고 퇴직금으로 나의 은행 빚을 청산한 후 나와 같이 사업에 뛰어들어 그후 10년 가까이 회사를 지탱하는 한몫을 담당하고 있었던 것이다. 나의 마지막 비명에 갑자기 조용해지더니 이번에는 한참을 슬프게 우는 것이었다. 내가 당황해서 "여보, 여보! 미안해 다 내 잘못이야."하며 달랬다. "우리 밖에 나가 공기 좀 마시자" 하며 데리고 나갔다. 밖으로 나와 동네를 말없이 여러 바퀴 돌았다.

 그 후로는 같은 사태가 다시 재발 되지 않았다. 그날 이후 수개월 동안 우리는 아무 일도 없었다는 듯이 평소처럼 출퇴근하며 지내게 되었다. 월 임차료를 못내 회사가 있던 빌딩에서 축출되며 회사업무가 사실상 종료되던 그 시점까지 우리는 매일 그렇게 손잡고 통근했다. 우리들의 걷는 모습이 자못 진지한 신앙인의 모습으로 비추었는지 하루는 동네 아주머니가 나더러 "목사님이시지요?"하기도 했다. 당시는 손에 쥐었던 모든 것을 잃어 가며 생존이 너무나 절박했기에 오로지 간절히 기도하는 심정으로 다녔던 까닭이었나 보다. 나를 그렇게 만든 국가도 용서하고 세무서 직원도 세무사도 모두 용서하며 대한민국에 태어난 것도 내 잘못, 사업을 한 것도 내 잘못, 업종을 택한 것도 내 잘못, 세무사를 선택한 것도 내 잘못이라며 스스로의 마음을 달래고 위로하던 시절, 그야말로 모든 것을 내려놓고 나를 탓하며 죄인이 된 내가 하늘에 용서를 구하던 시절이었다. 하늘로부터 용서를 받고 자비를 구하는 일은 바로 인류를 위해 무엇인가 도움이 되는 일을 하는 것이었다. 국가만을 위한다고 젊음을 온통 산업 진흥에 바친 내가 결국 국가 제도에 의해 버림받고 나니 신이 나에게 '새로운 삶을 열어주시려고 시험하시는구나.'하는 생각이 들었다.

그래서 남은 인생 무엇인가, 보다 궁극적인 일에 봉사해야 하겠다고 마음 먹게 되었다. 한동안 중단했던 하늘의 모습 찾기를 계속하여 무엇인가 구체적 모습을 그려 놓아야만 한다고 생각했다. 그런데 하늘은 의외로 가까이 있었다. 숙은 나에게 하늘이었다. 구름 낀 날도 맑은 날도 고뇌하는 날도 있는 하늘, 그 하늘이 숙을 통해 항상 내 곁에서 당신의 이야기를 끊임없이 전달하고 계셨던 것이다. 나만 내가 그것을 인지하지 못하고 지나가고 있었던 것이다.

29.

 나는 그렇게 상황이 정리된 줄 알았다. 다시는 이혼 이야기가 안 나왔고 평상을 회복해서 우리는 여전히 사이좋은 부부로 지냈다. 집에 오는 각종 독촉 통신을 피해야 숙의 스트레스가 덜할 것 같아 방법을 강구한 것이 나의 주민등록을 친구 집으로 옮기는 것이었다. 그래서 숙이 그 뒤로는 세대주가 되었다. 나의 스트레스는 여전했지만, 그나마 시간이 흐르며 점차 줄어들어 갔다.
 큰아들이 영종도에 아파트를 마련해 주어 그리 이사했고 바다와 산을 가까이 할 수 있던 환경 때문이었는지 착한 동네 사람들 덕분이었는지 아니면 멀리까지 찾아와 위로 해주는 친구들 덕택이었는지 나의 고통은 점차 사라져갔다. 덕분에 영종도에 살던 기간 동안 나는 2권의 시집과 또 다른 두 권의 수상록을 집필, 발간하였다. 그러면서 차차 평상심을 회복했고 모든 것이 그런대로 평화롭게 흘러갔다. 나를 괴롭히던 빚들도 조금씩 갚아 나갔더니 완제된 것도 있고 일부는 장기 분할 상환으로 앞으로도 상당 기간 갚아 나가야 하겠지만 괴로움은 사라졌다. 주민 등록도 결국 다시 원래대로 회복했는데 그러다 보니 내가 세대주의 동거인으로 주민등록부에 등재되어 숙이 저 세상으로 떠나던 순간까지 나는 동거인으로 숙은 세대주로 표기되어 있었다.

그 사건 이후로 숙에게 전례 없던 현상들이 나타났다. 지금 생각해 보면 모두 그날 일과 관련이 있었을 것이다라고 짐작되지만 당시에는 나는 전혀 인식하지 못하고 그저 보러 갔던 전시회가 지루했었나보다 또는 만났던 친구들과의 일정이 빨리 끝났나 보다 정도로 생각했을 뿐이었다. 같이 외출 했다가 다시 만나기로 약속한 시각을 자꾸 잊고 그 시각도 되기 전에 내가 일이 끝났는지 묻는 전화를 해오는 경우가 많아진 것이었다. 친구들은 나를 놀리며 '부인과 애정이 깊어 좋겠다.'고 해서 웃곤 하였다.

막상 나는 왜 이 사람이 갑자기 약속 시각을 자꾸 잊어먹는지 의아했을 뿐, 다른 생각을 하지 못했다. 친구들과 약속을 하고 가서도 약속 장소를 찾지 못해 길에서 헤매다가 친구들을 만나지 못하고 돌아오는 일이 있었음을 알게 되었다. 그래서 그 다음부터는 내가 약속 장소로 데리고 가고 끝날 즈음 다시 찾아가서 미리 대기하고 있다가 회합이 끝나면 손잡고 데리고 오고 하면서도 나는 그저 노인이 되어가며 기억력이 나빠졌구나 정도로 생각했고 아무런 별다른 생각을 하지 못했다. 설마 항상 미소를 잃지 않고 있으며 사리 역시 분명한 '내 부인의 뇌에 고장이 생기고 있다.'고는 전혀 상상도 하지 못하고 있었던 것이다.

30.

　돌이켜 보면 그 말은 절대로 해서는 아니 되는 얘기였다. '좋은 시절만 부부고 어려워지면 남이 되는가.'라는 말은 다른 말로 하면 '너는 사람이 아니다.'라는 말과 같은 것이었으니까. 윤리 의식이 유난히 높았던 숙에게는 그야말로 모욕적인 말로 가슴을 깊게 깊게 헤집었을 것이다. 지금 와서 생각해 보면 그 말끝에 갑자기 조용해졌던 것은 이럴 수도 저럴 수도 없어 판단 행위 자체를 포기해버린 상태, 그 절망적 포기 현상의 다른 모습이었던 것 같다. 사랑했던 사람과 이혼을 해야 하겠다는 감성적 결론이 몰고 온 슬픈 기류와 이혼해서는 아니 된다는 도덕적 의무감의 냉기류가 한 곳에서 회오리치며 급기야는 어찌해야 할지 모르겠다며 판단을 멈춰 버린 뇌가 이상을 일으켰던 것인가?
　그날 이후 그 좋던 사고 능력을 숙은 점점 잃어가고 있었다. 아니 인생살이에서 얻은 모든 지식과 명예와 쌓아 온 기록들을 하나하나 스스로 지워가며 인생 여정의 모든 짐을 조금씩 조금씩 가벼이 해

나가고 있었던 듯하다. 그 순간 그렇게 모든 것을 놓아 버리려고 마음을 정했었나? 모든 세상사는 숙에게 있어 아무런 의미가 없는, 잊어야 만 하는 그런 것이 되어가고 있었다. 그래서 졸업한 대학 이름도 낳아준 나라의 이름도 30여 년 교사로 종사했었다는 사실조차 다 잊고 남편 이름마저 지워갔다. 그때 이혼을 해줄 것을! 그래, 그때 놓아주었어야 했었다. 놓아주어야 했어! 이 바보야! 아니! 그럴 수 없어! 절대로. 그것은 잘못하는 거야. 나는 지금도 갈등하고 있다.

31.

　꿈을 꾼다. 티끌로 시작해서 점차 커지며 급기야는 태양처럼 커져서 한껏 빛나다가 또다시 하루하루 작아지며 티끌로 돌아가는 모습을 화폭에 그리고 있었는데 '열반'이라는 순간이 있음이 생각나서 이를 어떻게 그림에 표현할까 고민하는 순간이 찾아왔다. 그러면서 이렇게 할까 저렇게 할까 갈등이 일어나고 그 와중에 그만 잠에서 깨어나고 말았다. 나는 그 회오리 속에서 빠져나와 깨어났지만 숙은 회오리의 와중으로 끌려들어 가 헤어나지 못했던 것인가?

　열반이라는 순간은 우리 인생, 아니 이 우주적 질서에서 무슨 의미를 가지고 있나? 새로운 탄생인가? 영원한 잠 속으로 잠겨드는 것인가? 인간에게 있어 죽음이라는 것은 구체적 개별적 형태는 소멸되고 우주적 생명원인 기본 물질의 일부로 환원되는 형태 변화인가? 아니면 영원한 존재로의 차원 높은 도약인가? 무에서 와서 무로 돌아간다거나 흙에서 와서 흙으로 돌아가는 존재가

▲ 이곳에서 저곳으로 한 마리 새가

인류라면 도대체 왜 사는 것인가? 신을 찬양하기 위해? 살고 죽는다는 것이 이런 모양에서 저런 모양으로의 변화일 뿐이며 인간은 항상 또 다른 모양으로 변해 가고 있는 과정에 놓여 있는 운명적 존재일 뿐인가? 열반이라는 형태, 해탈이라는 순간이 없고 부활이라는 사건이 없다면 항상 변하는 노정에 처연히 놓인 인간이라는 존재는 그저 우주적 생명의 한 불씨로 존재하는 운명적 물질일 뿐인가? 하긴 그것도 가치 있는 일이기는 하다.

내 그림 속에서는 그저 한 마리 새가 이곳에서 저곳으로 날아가는 형상이 남아 있을 뿐이다.

소식 없는 이여

떠난 후 소식 없는 이여
좋은 곳으로 갔나 보오
우주와 하나가 되었으니
미물인 나와 격이 다르겠지요
가끔가다 우주 모습이나 전해주오

32.

숙이 나에게 있어 하늘이었다는 깨달음은 오래도록 시시때때로 나를 찾아왔다. 특히 내가 인내를 잊어 가려 했을 때, 그때마다 나를 찾아와 "참아라 참아라 이게 마지막 시험이다."하는 것이었다. 남명 조식 선생이 항상 자신의 자만함을 경계하기 위해 종을 몸에 달고 다녔다는 것처럼 나는 숙을 보며 하늘을 보듯이 나의 부덕함을 경계하였으니 숙은 나에게 있어 남명 선생을 매일같이 일깨워주던 소리 나는 천석종이었고 소리 내지 않으면서도 하늘을 알게 하는 두류산(지리산) 천왕봉 같은 존재였다. 나는 '힘이 없어.'하는 숙을 대하면서 '인내에는 꼭 해야 할 총량 같은 것이 있어 그 총량을 채우지 못하면 하늘을 볼 수 없다.'는 것을 항상 마음속으로 외우고 또 외우고 하였다. 그런데 내가 그 총량을 다 채우지 못하였는데 숙은 나를 떠나간 것이다. 마치 이제 종소리 없어도 하늘에 가까이 가라는 듯, 지리산 천왕봉을 보지 않아도 하늘을 받아들이라는 듯이 숙은 나를 남겨두고 떠나갔다.

인내

세상은 공평하다 했다
하늘도 공평하다 했다
평생 다하지 못한 책무 하나, 인내
사람들은 매일매일 반복하며
그 산을 올라야 하나 보다
하늘이 정해 놓은 정량이 있어
시지프스처럼 처음부터 다시
인내의 산을 되풀이하며 넘어야 하나보다
그래야만 푸르고 높은 하늘이 보이나 보다

33.

제주를 떠나 다시 수도권으로 이사해 왔다. 삼면이 푸른 나무들이 가득한 산으로 둘러싸이고 앞면에도 멀리 산, 또 산들이 이어지는 파노라마의 현장으로 왔다. 여러 해 전 세무 문제를 일으켰던 장본인인 둘째 아들이 그 후 오래도록 집도 없이 고난의 여정을 걷더니 어느 사이 사업으로 다시 일어나서 집을 사고 또 여력이 있었는지 나에게 집 한 칸을 마련해 준 것이다. 비록 셋집이지만 비싼 수도권이니 부담이 컸을 터인데도 "마침 재정적 여력이 생긴 것이 아버지에게 집을 마련해 주라는 하늘의 뜻인가 보다"고 말하며 진심을 다해 찾아준 집이다. 평생을 산과 바다 근처만 찾아다니던 나의 취향에 맞는 곳을 찾아 여기저기 헤매다가 드디어 발견한 눈이 시원하고 공기가 맑은 곳이다.

이사를 온 후 처음으로 서울에 갔다. 그동안 미루었던 백내장 수술을 위해 간 것이다. 아들이 친구 의사를 통해 수소문하여 소개받은 안과라 하여 집 근처인 분당 지역인가 하였더니 서울 삼성역 근처였다. 그 자리에서 수술을 하고 아들 차로 다시 돌아왔다. 제주에 있을 때도 안과에 가면 의사가 하루라도 빨리 수술을 하자 하였는데 수술 기간 중 숙을 돌봐줄 사람을 찾지 못해 하지를 못했다. 병원의 간호사들에게 부탁을 해도 모두 부담스러워 피하니 돌보아 줄 사람을 외부에서 구해야 했다. 돌봄 서비스를 제공한다는 기관들에도 전화하여 돌봄 요청을 하였으나 그처럼 단기간 돌봄은 하지 않는다는 답변뿐이었다. 하루는 우리가 잘 다니던 어느 호텔 식당에 가서 하소연하였더니 손님 안내를 담당하던 종업원과 주방 요원이 자기들이 하겠다며 나선다. 아니 식당은 어떻게 하려 하느냐 물으니 휴가를 내고 하면 된다는 것이었다. 고마웠지만 차마 그렇게 할 수는 없어 마다했다. 나는 그들의 친구들 중에서 혹시 잠시 도와줄 사람이 없겠는가 물었던 것인데 그처럼 자신들이 하겠다고 적극적으로 나오니 이번에는 부탁하는 내가 오히려 미안했던 것이다.

  한 번은 숙을 부축하고 서귀포 칠십리 문학비가 있는 공원에 간 적이 있었다. 천지연폭포가 내려다 보이는 한 곳에 가니 여호와증인 사람들로 보이는 몇 사람이 팜플릿 등을 전시해놓고 선교활동을 하고 있었다. 내가 유심히 전시물들을 보고 있어서인지 그들 중 한 젊은 여인이 나에게 다가와 말을 건넨다. 이런저런 얘기를 하다가 내가 그녀에게 물었다. "혹시 내가 어려운 일을 당해 도움을 요청하면 도와 주겠는가?"하였더니 흔쾌히 그렇게 하겠다고 답변한다. 그래서 서로 연락처를 주고 받은 적이 있었다. 그로부터 여러 달이 지난 후 내가 연락을 했다. 안부를 묻고 혹시나 그날 일을 기억하고 있으면 수술 이야기를 꺼내려 한 것이었다. 그랬더니 그날 일을 기억하고 반갑다며 인사를 해왔는데 인사와 함께 종교행사가 있다며 줌으로 같이 보고 참여했으면 좋겠다 한다. 종교와 관계를 맺지 않고는 이들과는 더 이상 교제가 어렵다는 생각이 들어 도움 요청하기를 포기했다.

서귀포로 내려와서 알게 된 골프를 좋아해서 골프장 사장까지 지낸 한 사람이 있었는데 부부 모임으로 서로 점심을 같이 하는 사이였다. 그 부인이 독실한 기독교 신자인 듯해서 부탁을 해보려고 하루는 얘기를 꺼냈다. 당시는 아직 수술 날짜를 잡지 못했고 최종적으로 마음의 결정을 하지 못한 때이어서 눈 상태를 스스로 점검하며 할까 말까를 망설이던 때였는데 놀라운 것은 '그날은 그리하겠다.'고 동의를 표하던 부인이 다음부터는 점심 모임에 나오지 않는 것이었다. 충격적이었는데 이런 일들로 인해 나는 교인들과는 더욱 멀어졌고 나의 눈 수술은 결국 반 포기 상태로 무한정 연기되었다.

내 눈 상태는 책을 볼 때에는 돋보기를 쓰고 보니 그런대로 지낼 만했는데 문제는 운전할 때 속도를 표시한 표지판 글씨 60km가 80km로 보여 벌금을 몇 번 내게 되는 등 멀리 보는 것이 어려웠기에 수술을 하려고 하였던 것이다. 그 수술을 오늘 한 것이다. 내가 하려 한 것도 아니고 아들이 수술 건을 생각해 내서 먼저 시동을 건 것으로 그 후 일사천리로 진행되었다.

34.

　수술 첫날을 제외하고 그 후로 나는 전철을 타고 안과병원에 다녔는데 다니다 보니 옛일들이 새록새록 떠오른다. 전철역 에스컬레이터에서다. 숙과 같이 다닐 때에는 부축을 해야 했기에 항상 둘이 나란히 서서 한판 위에 올라서 에스컬레이터를 이용했었는데 그러다 보니 꼭 사달이 생겼다. 두 줄로 타게 되어 있고 에스컬레이터에서는 걷지 말라고 계속 방송이 나오는 상황 속에서도 실제 현장에서는 사람들은 한 줄로 서고 다른 한 줄은 걸어 내리고 오르는 사람들에게 내어 준 것이다. 그러다 보니 두 명이 한 칸에 선 우리가 통행에 방해가 될 수밖에 없었고 성질 급한 이들은 욕도 하며 비켜 달라고 힘으로 밀고 들어오는 경우가 종종 있었다.
　몇 번인가 그런 폭언을 듣고 난 후로는 결국 엘리베이터를 이용하게 되었는데 이 엘리베이터가 없거나 찾기가 곤란한 곳에 숨겨져 있는 경우에는 난감해지곤 하였었다. 오늘도 보니 여전히 사람들은 한 줄로 서고 한 줄은 걸어서 오르고 내리는 사람들에 내어준 채 걷지 말라는 방송은 변함없이 나오고 있고 알림판에는 여전히 손잡이를 꼭 잡고 서서 이동하라고 크게 쓰여져 있었다 그런데도 사람들은 한 줄을 바쁜 사람들에게 내어 준 것을 무슨 좋은 일이라도 하는 것으로 인식하고 있으니 법 따로 관습 따로인 이 현실을 어찌 이해해야 하나?

35.

　오늘은 교대역에 갔다. 근처에 사무실을 두고 있는 친구가 나의 수도권 재진입을 환영한다며 점심에 초대하였기 그에 응해 간 것이다. 교대역에는 우리 부부가 20년 가까이 같이 손잡고 땀 흘리며 일하다 종국엔 임차료를 내지 못해 쫓겨났던 사무실이 있는 곳이다. 그 사무실에서 나는 두 번의 위기를 겪는다. 한번은 소위 IMF 사태라고 일컬어지던 1998년도 였고 또 한번은 2008년 미국 발 금융위기가 몰고온 수난에 더해 갑자기 부과된 예상외의 세금 문제로 철저히 무너져내리며 사업에서 손을 들어야만 했던 2010년대 초 무렵의 일이었다. 첫 번째 수난기였던 IMF 환난 속에 빚으로 인해 거의 가사 상태가 된 나를 숙이가 구해주었다.
　30년 넘게 다녔고 교감 강습까지 마친 상태여서 조금만 있으면 교감이 되고 교장이 될거라며 한껏 부풀어 있던 숙은 나의 어려움을 풀어주기 위해 과감히 학교에 사표를 내고 퇴직금의 반을 수령하여 그 돈으로 내 빚을 갚아주었다. 퇴직금의 반은 일시금으로 나머지

반은 연금으로 수령할 수 있었던 당시 제도를 이용한 것이다. 그러고 나서는 나와 함께 또 다른 20년을 이 교대역 좁은 사무실에서 매일매일 웃고 울며 보냈다. 그 사무실은 처남이 소유한 빌딩의 한 개 층의 일부에 있었다. 내가 2010년 금융위기와 세금 문제로 사업을 사실상 중단하고 직원들 급료도 주지 못하고 매일 고통하고 있을 때 처남은 미국 집에 있으며 관리인을 시켜 빌딩에서 나가 줄 것을 통보해 왔다. 쫓겨나게 될 때까지 사무실 임차료를 내지 못한 내가 문제였긴 하지만, 그 시기가 임차 보증금으로 밀린 임차료 상계처리가 끝나자마자 나가 달라 한 것이니 통보를 받는 순간 처남이 야속하게 생각되었던 것은 사실이다. 직원들도 하루아침에 길거리로 쫓겨났다.

직원 중 한 명이 노동청에 휴직 수당을 신청하는 과정에서 급료 미지급 문제가 불거져 노동청에서 나에게 출두 요구서가 왔다. 난생처음으로 노동청 조사관실에 불려갔다. 급료 미지급 문제가 법률적으로 형사고발에 해당하는 사건인 줄을 이전부터 알고 있었으나 나에게 그런 경우가 닥칠 줄은 생각조차 못했었기에 감정적으로는 그때 처음으로 알았다. 조사관은 완전히 나를 악덕 범죄자 취급을 하며 압박해왔다. 그들에게 있어 체불 경영자가 길거리로 나 앉게 된 현실은 고려 대상이 아니었다. 미지급 상황을 서류로 제출하라 하여 서류 점검을 하다 보니 고용계약상 급여보다 실제로 지불된 급여액이 더 많다는 사실을 발견했다. 그 직원이 일을 잘해서 계약상 금액보다 더 지급을 해왔던 것이었다. 그래서 계약상으로만 보면 급료를 더 이상 지급할 의무가 없었기에 형사 처벌은 면할 것이라 생각했지만 내 스스로 생각할 때에 관행적으로 주던 급료를 몇 달 못 준 것은 사실이었고 그 지불을 기다리고 있는 직원이 현실적으로 존재하고 있었기 때문에 '지불하겠다'라고 각서를 쓰고 처리의 진행을 보류시켰다. 마침 그 즈음 새벽기도를 가던 형이 신호 위반차에 치어 세상을 떠나면서 남겨 놓은 재산 중 일부를 내가 좀 쓰겠다고 형제들 간에 합의가 된 상황이어서 그것을 받아 미지급 급여 문제를 해결을 하고 노동청의 압박으로부터 해방이 되었다.

급여를 지급하는 날 수령차 노동청에 나온 그 직원을 보며 모든 것을 잃은 작은 기업의 경영자인 나는 세상으로부터 버림받았다는 생각을 지울 수가 없었다. 직원의 급여는 법으로 보호되어도 세무서의 부당한 처사로 경영 불능상태가 되고 거리로 나앉게 된 소상공인의 안위에 대해서는 아끼던 직원을 포함하여 어느 누구도 신경을 쓰지 않는 것이 경영인을 대하는 직원의 모습이요 이 나라의 제도였던 것이다.

그 사무실을 비워 준 후 우리는 한 번도 그 문제를 부부지간에 거론한 적이 없었다. 숙은 오빠에게 임차료도 못냈다는 사실이 더 부끄러웠을 터이고 나는 쫓겨나던 그 순간의 아픔을 잊으려 '모든 것은 내 잘못이다'며 되뇌고 있을 때였기 때문이었는지도 모른다. 원인이야 어찌되었든 숙의 그러한 태도가 나는 항상 경이로웠다. 오빠에게 섭섭함을 표하거나 나에게 비난을 쏟아낼 만도 한데 입을 다물고 마음속의 고통을 겉으로 전혀 나타내지 않았던 것이다. 미소와 부드러움을 잃지 않으며 마치 구름 위를 걷는 것 같은 청초한 격조를 늘상 유지하고 있었다. 그런 숙을 보며 나도 모르게 내 스스로를 가다듬고 하였던 것이니 바로 하늘이 항상 내 곁에 가까이 있으면서 나에게 하늘의 모습을 보여 주고 있었음을 당시에는 모르고 있었다.

처가의 정기적인 가족 모임 역시도 이 교대역 부근에서 분기별로 열렸는데 그 당시 이미 길을 잘 찾지 못하고 또 잃어버리고 하던 숙을 내가 모임 장소로 데려다주고 나면 나는 인근에 있는 국립도서관으로 가고 그 가족 모임이 끝나면 처제가 나에게 전화하여 만날 장소를 지정하면 그곳으로 내가 데리러 가곤 했던 곳이다. 문제를 일으킨 세무서도 세무사 사무실도 다 그곳 인근에 있으니 그야말로 과거의 폭풍이 회오리치는 곳에서 오늘 점심을 한 것이다.

36.

　잠자리에 들며 습관적으로 "여보, 잘자"했더니 갑자기 눈물이 주르륵 흘러내린다. 낮 동안 계속 집에 혼자 있었더니 다시금 슬픔이 찾아왔나 보다. 괜찮다. 슬픔을 느끼는 것은 아직 내가 살아 있다는 증거이니까. 나에게 있어 그 슬픔이라고 하는 것은 선행하는 만남이라는 기쁨이 있었기 때문이라고 이미 마음속으로 정리해 놓았기 때문에 나에게는 기쁨과 같은 것이었다. 그래서 웃으며 잠이 들었다.
　아침 산책을 하려고 밖으로 나갔더니 마침 동네에 음악교습소가 하나 새로 문을 열고 있었다. 노래 공부를 하면 좋을 듯해서 찾아가 문의하였더니 피아노와 색소폰만 가르친다고 하여 물러 나왔다. 숙과 결혼 초 나는 해군 소위였고 숙은 중학교 교사였다.
　두 사람의 봉급만으로는 아이들을 키울 수 없었는지 숙이 피아노 레슨을 학생들을 상대로 시작했다. 나도 가끔 배웠다. 복잡하지 않은 노래는 혼자서 악보를 보며 건반을 눌러가며 음정을 찾아 노래할 정도가 된 것도 다 숙의 가르침 때문이었다. 어려서부터 피아노를 열심히 연마해온 숙이 음대로 진학하지 않았던 것은 어린시절 콩클에 나갔을 때 당했던 억울함 때문이었다 했다. 분명 자기가 잘했기에 우승할 거라 믿었으나 주최 측의 친족이 우승상을 가져가는 경우를 당하고 난 후 너무나 실망하여 예술계로는 진출하지 않을 것을 스스로에게 다짐했다 하였다. 그렇지만 혼자서도 계속 피아노를 가까이하던 숙은 대학시절 서울의 대형 교회에서 반주자로 활동하며 학비를 벌었다 했다. 그 개인 교습은 여러 해 계속해나가서 내가 군에서 제대를 하고 직장에 나가던 초기까지 계속되었었다.

숙이 마지막으로 피아노를 연주한 것은 2014년 가을이었다. 내가 졸업한 대학 동기들이 입학 50주년 기념 문집을 발간하고 그것을 축하하기 위한 만찬을 하게 되었을 때 만찬장에 작곡가 황의종 교수를 초대하였던 것이다. 그날 그의 노래 〈아름다운 인생길〉이 숙의 피아노 반주로 황교수의 노래로 연주되었다. 황의종 교수가 원래는 해금 연주를 반주로 하던 그의 곡을 특별히 피아노곡으로 편곡하여 다시 악보를 만들고 이를 사전에 보내주어 연습을 한 후 공연장에 나온 것인데도 그날 연주에서 상당한 어려움을 겪었다. 겨우겨우 연주를 해서 같이 연주하던 해금 연주자로부터 눈총을 자주 받기도 하였다. 내가 노래할 터이니 반주 좀 해달라고 요청을 하면 언제나 흔쾌히 응하던 숙도 그 연주 이후 피아노 앞에 앉으면 반주하지 못하고 망설이는 모습을 보이기 시작했다. 악보를 읽는

속도가 느려진 것이다. 그 현상은 점점 심해져서 제주로 이사하기 직전에는 전혀 악보를 읽지 못하는지 피아노 앞에 앉혀 놓아도 그저 망서리며 힘들어만 했다. 이사하는데 피아노가 부담이 되어 동네 사람에게 선물로 주어 버렸다.

그 마지막 연주가 있었던 날로부터 10년이 지난 2024년 8월 어느 날 황의종 교수의 부음이 전해졌다. 나보다 5년이나 아래인 그가 세상을 떠났다는 소식이 믿어지지 않아 혹시나 사기행위 아닌가 의심하였지만 그의 부인 김교수 명의로 보내진 부고는 분명 그렇게 알리고 있었다. 나는 즉시 장례식장이 있는 부산으로 내려갔다.

30여 년 전 어느 날 이른 아침 출근길에 차량의 라디오에서 흘러나오는 한 노래에 갑자기 정신이 번쩍들며 "바로 이것이다" 하는 소리를 나도 모르게 지르는 순간이 있었다. 안개 속을 헤매이던 나의 정신세계에 돌연 무엇인가 빛이 보이는 듯한 느낌을 받은 것이었다. 나는 그 노래가 무엇인지 누구의 작곡인지 알아보기 시작했다. 방송국으로 대학교로 수소문한 결과 서울 음대 국악과를 졸업한 후 부산대학교에서 교수로 재직 중인 황의종 작곡가의 〈아름다운 인생길〉 곡임을 알게 되었다. 그 후 나는 한 공연을 마련하여 그를 초대했다. 그 자리에서 〈아름다운 인생길〉이 연주되었다. 그 연주 이후로도 그 곡의 신비함에 나는 계속 빠져들고 있었으나 막상 왜 그토록 신비함이 느껴지는지 도무지 이론적으로 설명할 수가 없었다. 그날 이후 우리 부부는 30여 년간 황 교수 부부와 각별히 교유하며 지냈었다. 그의 거의 모든 연주회에 빠짐없이 참석하였고 내가 출판하는 책이면 황 교수가 항상 주위에 준다며 많이 구매해주었었다. 그의 곡 〈백두산〉은 그가 백두산 천지에 올랐을 때의 끓어오르던 감흥을 즉석에서 노래한 것으로 그가 작사마저 한 곡이다. 그는 그 곡을 백두산에서 내려오는 버스 속에서 여행 일정 안내지 뒤편에 오선을 그어 음표를 그려 넣은 후 작사까지 하여 완성하고 그것을 현장에서 사진 찍어 나에게 보내준 적이 있었다. 그 후 그 곡을 관현악곡으로 확대 재탄생시킨 후 부산에서 연주회를 갖게 되었을 때 우리를 초대했다. 그때 우리 부부와 내가 초대한 몇 명의 친구들이 같이 참석하였었다. 연주회 도중 그는 많은 관중들 앞에 나를 소개했다. 서울에서 내려온 그의 노래, 〈아름다운 인생길〉을 특별히 사랑하는 사람이라고. 그날 저녁 우리 일행은 황 교수가 최근에 새로 분양받았으나 비어 있던 집에서 하룻밤을 보냈다. 다음 날 아침 부인인 김 교수가 남편은 어젯밤 뒤풀이 때문에 집에 안 들어왔다며 자기가 아침 식사를 외부에서나마 대접하고 싶다고 해서 우리 일행은 재첩국집에 가서 맛있는 아침 식사를 했다. 식사 후 부인은 차 한잔하자며 다시 우리를 자기 집으로 초대하였다.

그날 그 집에서 나는 놀라운 장면을 목격하고 아픔을 겪게 된다. 그들 부부에게 장애인 아들이 있었던 것이다. 그가 노래한다며 장난감과 유사한 건반악기를 두드리면서 고래고래 소리를 지르는 현장을 목격한 것이다. 그 순간 나는 황 교수의 음악에서 항상 떠나지 않는 미묘한 슬픔의 그림자가 혹시 이 아들로 인한 것이 아닐까 생각했다. 그로부터 얼마 후 나는 그런 생각을 글로 정리하여 황 교수에게 보내주곤, 대중에게 발표해도 좋은가 물었다. 그는 "너무 슬프니 그러지 말아달라."하였다. 그래서 그 글은 발표되지 못하고 사장되었다. 한 번은 수로부인 전설에 나오는 헌화가를 주제로 그가 교향시라며 연가곡을 작곡하고 대구에서 초연할 때였다. 마침 나 역시 수로부인의 전설이 용으로 상징되는 고대 해양세력과 관계있다는 것과 이들 세력이 세계적 규모로 한때 움직이며 세계를 재편하였다는 사실을 『해안선에 남겨진 이름들』이라는 제목의 책에 서술하며 출판하였을 때였다. 그래서인지 나는 교향시 〈수로부인〉의 작곡가인 황 교수의 풍부한 상상력이 몹시 흥미로웠다. 작가인 나나 작곡가인 황교수나 마찬가지로 상상력이 창작의 근원이었다는 것이 나를 흥분시키고 그의 상상력의 무한대적인 한계에 놀라며 스스로에게 "넌 아직 멀었다 멀었어."라 말하던 밤이었다. 나는 그에게 물었다. 어쩌면 그토록 상상력이 풍부할 수 있는가를. 그의 답변은 의외였다. 그는 단지 하늘에 떠다니는 가락을 오선지에 옮겨 놓은 것뿐이라고. 그는 우주와 교유하고 있었던 것이다. 그 뒤로 나는 자연에 천착하였다. "그렇다, 모든 것은 자연에 있다."며 자연에 대한 관찰을 더욱 깊이 해나갔던 것이다. 식장에는 부인이 딸과 함께 문상객을 맞고 있었다. 나는 부인과 딸의 손을 잡고 한마디 말도 못하고 그저 눈물만 흘렸다. 부인이 오히려 나를 위로하였다. 마음껏 하고 싶은 일 다 하고 간 사람이니 자기도 슬퍼하지 않는다면서 내 손을 꼭 잡아 오는 것이었다. 다음 날이었다.

영결식장에는 그의 곡 〈아름다운 인생길〉이 해금으로 연주되고 있었다. 그 곡을 듣는 순간 나는 눈물이 쏟아졌다. 그러면서 비로소 깨닫는다. 그 곡이 수십 년 동안 그토록 나에게 다가오던 이유를 깨달은 것이다. 그것은 한 곡에 슬픔과 기쁨이 같이 있었기 때문이었다. 이들은 서로 교차되며 실타래처럼 엮인 후 마침내는 우주의 리듬을 타고 흐르고 있었다. 내가 숙이 세상을 하직한 후 폭포처럼 찾아온 슬픔에 스스로를 위로하며 "너의 슬픔은 만남이라는 기쁨에 연유된 것이니 피할 수 없는 것이다"하였는데 이와 같이 슬픔과 기쁨이 교차하며 어울리는 또 다른 세상사가 황 교수의 노래 〈아름다운 인생길〉에 녹아 있었던 것이다. 그래서 인생은 아름다운 것이었고 그것이 우주에 흐르던 리듬이었던 것이다. 그는 떠나면서도 마지막으로 나에게 깨달음이라는 선물을 안겨주고 갔다. 주체할 수 없는 눈물이 하염없이 흘러내렸다. 슬픔과 기쁨의 눈물이 같이,

여보! 황 교수도 우주 속으로 들어갔어. 당신이 있는 그 우주로. 그를 만나 새 곡을 받고 마음껏 피아노를 쳐봐. 아무런 협잡이 없는 세계에서 당신이 초연하는 거야. 그러면 우주에 박수 소리 가득하겠지.

37.

어젯밤에 전화가 왔다. 숙이었다. 그런데 그 맑던 목소리가 아니다. '못 보던 기간 동안 무언가 변화가 있었나 보다.'란 생각이 들어 이제부터라도 같이 있어야 하겠다 싶어 "여보! 우리 이제 같이있자" 하려는데 갑자기 "아니 이 사람은 이 세상 사람이 아닌데 어떻게 전화를 했지?"하는 생각이 나며 심중에 갈등이 생기자 그만 꿈에서 깨어났다. 사람들은 왜 이 세상 저 세상으로 나누어 생과 사를 구분해 놓았을까? 둘의 차이는 무엇일까? 볼 수 없어서? 만질 수 없어서? 지리적으로 그냥 멀리 떨어져 있는 사람들 간에는 서로 볼 수 없고 만질 수 없어도 저세상에 있다 하지 않는데? 왜 죽음이라는 사건 이후에는 둘을 완전히 분리하여 영역마저 구분할까?

지난날 내 대학 시절 은사 중에는 부부가 같이 살아도 육체적 관계는 하지 않고 영적으로만 교류하는 분도 있었다. 그래도 저세상에 있는 사람이라 하지 않았다. 지하철을 타도 길을 걸어도 맹꽁이 소리를 듣고 옛 추억을 떠올릴 때에도, 붉은 석양이 장관을 연출하는 저녁 산책길에도 새벽별들이 반짝이며 속삭여 올 때에도 우리는 항상 같이 있다. 심지어 전화마저 하고 있지 않은가? 오늘 새벽에도 꿈을 꾸었다. 같이 꼭 손을 잡고 걷는 꿈을. 우리는 같은 세상에 있는 듯한데 나는 왜 어젯밤 꿈속에서 '저세상 사람이 어떻게 전화를 했을까?' 하며 교통을 단절하고 이 세상 저 제상으로 나누어 꿈에서 깨어나야만 했나? 살아 있는 사람과 세상 떠난 사람, 이들 둘 간에는 영적 교통이 불가한 것인가? 하느님은 영이시라는데 그런 하느님과 사람들은 교류하고 있다. 그렇다면 영이 되어 있는 숙과도 교류할 수 있어야 되는 것 아닌가?

자식들은 숙의 묘소에 가는 것을 성스러운 의식을 행하듯 한다. 그런데 나는 막상 왜 가는지 모르겠다. 그래서 묘소에 가더라도 그냥 보는 둥 마는 둥 하고 돌아온다. 숙은 나랑 항상 같이 있는데 묘소라는 별도의 존재가 나에게 무엇인지 얼른 이해가 되지 않는 것이다. 왜 한몸은 땅속에 다른 한몸은 땅 위에 있음을 계속 강조해야 하나? 나는 지금도 계속 꿈꾸고 이야기하고 손잡고 걷는데 말이다. 자식이 묘소에 튤립을 심자 한다. "그래 그리해라" 나는 오늘도 이중생활을 하고 있다. 생각 따로 행동 따로인 것이다. 눈물이 흐른다. 오랫동안 눌러 왔던 슬픔이 다시금 터져 나온다.

38.

두 아들이 아직 어렸던 시절 어느 여름 숙은 새마을운동본부의 초청을 받아 대만을 여행한 적이 있었다. 그 여행기간 동안 카오슝에 있는 불광사를 방문한 적이 있었던 모양이다. 그 방문에서 인상이 깊었던지 나에게도 자주 이야기해서 한 번은 둘이서 같이 찾아간 적이 있었다. 그 방문길에 우리는 안내하는 비구니 한 분을 만나게 되었고 스님으로부터 불광사를 창건한 성운대사의 저서 몇 권을 선물 받아 돌아온 일이 있었다. 그분 저서가 생각이 나서 책장에서 그의 『마음의 비밀』이라는 책을 꺼내 들고 목차를 살피다가 사람과 하늘의 신비한 교통이라는 뜻의 「人天의 神通」이라는 항목을 발견하고 곧 읽어 나갔다.

제목만 보면 하늘과 사람이 신적 경지에서 교통을 한다는 의미일 것이니 이는 다른 말로 하면 세상을 떠나 신격이 된 이와 아직 세상에 남아 있는 사람과의 교통을 지칭하는 것으로 바로 내가 찾던 해답이 있다 싶었던 것이다. 그러나 대사는 죽음 이후에 영혼은 자유스러워지는 까닭에 물리적 제약을 받지 않는다면서도 공간 이동에 대한 자유스러움만 설시하였을 뿐 살아 있는 사람과의 교통에 대하여는 아무런 가르침이 없었다. 죽어 보는 경험이 없었을터이니 알 수가 없었겠지 싶었다. 다만 생명은 끝없이 윤회하기 때문에 사후 일정 기간 후에는 새로운 생명을 얻게 되고 그 단계에 이르면 과거의 모든 기억을 잃게 된다는 것이었다. 아니 그렇지 않을 것이다. 영이 된 이와는 틀림없이 상호 교통할 수 있을 것이다.

다른 항목에서 성운대사는 이어서 설명하고 있었다. 죽은 이들 가운데는 천상에 다시 태어나기도 하고 성인이 되기도 한다니 천상에 태어난 존재와는 사람은 교통할 수 있어야 되는 것이 아닌가? 천사들이 마리아에 나타나 수태를 고지하고 죽은 예수가 바오로 앞에 나타나며 선지자들이 하늘의 명을 받아 인간에게 전하는 그 모습은 바로 천인의 교통이 가능함을 이야기하고 있는 것 아닌가? 마음문을 열어 놓으면 온라인 교통하듯 영적 존재와 교통할 수 있지 않을까? 나는 지금도 숙과 교통하고 있다.

39.

    우리 부부가 90년대 말부터 2000년대 초반까지 살던 양평 마을의 주민들 중에 지금까지 계속 만남을 유지해오는 분들이 있다. 내가 숙을 제 세상으로 보낸 후 제주 생활을 청산하고 수도권으로 올라왔다 알리니 그동안 고생했다며 자리를 만들고 나를 초대하였기에 오늘 점심나절 양평에 갔었다. 양평 가까이 가니 옛길들이 보인다. 숙과 같이 다니던 정다운 길이다.

    점심에 모인 분들 가운데 안동 도산서원에서 초헌관(初獻官) 역할을 하시는 어른이 계셨다. 유교식 모든 제향에 초헌관(初獻官)이 존재한다는 것은 망자의 혼을 불러올 수 있다는 가상하에서 행해지는 것일 것이기에 그 초헌 절차가 궁금하여 오늘 아침 문자로 문의드렸다. 오후에 전화가 왔다. 설명하시는 내용을 들으니 도산서원의 향례는 퇴계 선생의 덕을 흠모하여 예를 표하고 그 덕을 잊지 않겠다는 의식이다라고 인식하고 계셨다. 초헌이라는 뜻은 모신 신위에 술잔을 올리는 절차에서 1차로 먼저 올린다는 의미이니 제일 윗어른의 역할을 하고 계신 것이다. 유교에서 강조하는 장유유서에 따른 것이리라. 신위를 모신다는 것 자체가 혼령을 모신다는 것이니 혼령에게 숭모의 예를 표하고 교통을 청하는 절차일 것이다.

기독교에서는 영과의 교류를 어떻게 생각하는지 궁금하여 어머니가 돌아가시기 전 나에게 내어주며 제사를 부탁하시던 기독교인의 제례 지침을 찾아보았다. 그곳에는 "산 자와 죽은 자의 감응과 통합은 성령의 은혜와 능력 안에서 이루어지는 영적 교통이며 감응"이라고 설시하고 있었으니 양자 간에 교유할 수 있음을 전제하고 있었고 또한 성경, 고린도전서 15장 35절에서 49절 사이에서는 "육의 몸으로 심고(뿌려지고) 신령한몸으로 다시 살아나나니 육의 몸이 있은 즉 또 영의 몸이 있느니라."하였으며 "처음의 아담은 생령 (생명을 받은 존재)이 었고 다음에 온 아담은 생명을 주는 존재"로 언급되어 있는데, 이는 다른 말로 하면 아담이 사후에 신격이 되었다는 뜻으로 육의 사람이 하늘에서 영의 사람으로 다시 태어나 신령하게 되었다는 것을 의미한다고 설명되어 있었다. 기독교의 인식은 산 자와 죽은 자가 상호 교유할 수 있는데 이는 오직 하늘의 영적 역할, 즉 성령의 역할이 있어야만 가능하다는 취지였고 유교는 경건과 정성으로 죽은 자의 혼을 청하고 죽은 자가 이에 응해 교통이 이루어진다는 사고를 하고 있는 것이다.

지성이면 감천이라 했다. 유교가 예례를 지성으로 받들어 하늘의 감응을 청하고 기독교는 하늘의 뜻에 따른 성령의 주도적 역할을 운위하나 이들 둘은 결국 하늘이라는 영적 존재가 개입되어야 산 자와 죽은 자간의 교통이 이루어질 수 있다는 설명이다. 결국 영의 존재와 그 역할이 있어야만 교통할 수 있다는 점에서는 같은 것이라 하겠다. 내가 할 수 있는 것은 경건과 정성으로 하늘에 청하는 것뿐이다.

40.

지나고 보니 내 일생 중 양평에서 전원생활하던 시절이 제일 즐거웠던 것 같다. 비록 IMF 사태에 쫓기고 쫓겨 들어간 시골 생활이었지만, 꽃과 나무를 심고 잔디를 깎던 그 시절 맡았던 향기롭던 풀 내음을 지금도 잊을 수 없다. 뜰에는 부엉이도 다람쥐도 고라니도 찾아오고 바로 이웃한 산에서는 꿩들이 푸드득 거리며 솟아올라 우리로 하여금 신비감에 젖어들게 하곤 하였다.

무엇보다 즐거웠던 것은 동네 사람들과의 교유였다. 마을 사람들이 합동하여 가로수로 벚나무들을 식재했고 봄꽃들이 피어나면 축제도 열고 마을 회보도 만들어 서로 교통하며 지내던 시절이었다. 전원생활을 하려 하면 부부간의 뜻이 맞지 아니하여 실패하는 사람들이 많은데 우리 부부의 경우는 전혀 그런 것이 없었다. 도생을 위해 찾아간 곳에서 우리는 기쁨을 만났던 것이다. 숙은 꽃을 좋아하여 주말이면 야생화를 파는 집에 가서 이꽃 저꽃 사다가 심는 행위를 즐겨 했다 야생화 집뿐 아니다. 우리는 항상 어디를 가던 꽃삽을 가지고 다니다가 야생에서 자라는 꽃들 중 마음에 들면 조심스럽게 채집하여 집에 옮겨 심었다.

그러다 보니 100가지가 넘는 꽃들이 뜰에서 피고 져 이른 봄부터 늦은 가을까지 꽃들은 피고 졌다. 어려웠던 시절은 그렇게 즐거운 추억으로 남아 있다. 마을 바로 옆으로 고속도로가 뚫리며 하나 둘 마을을 떠나기 시작하여 어제 모였던 사람들은 나를 포함하여 이제는 전부 외지인이 되었다. 그래도 양평을 잊지 못해 지금도 모임은 양평에서 하고 있는 것이다.

41.

 숙이 밥을 해놓고 나를 부른다. 숙이 해주는 밥도 오랜만이요, 밥 먹으라 부르는 소리는 더 오랜만이다. 반가웠다. 아직 말을 잊지 않았구나! '그래 갈게'하고 말하려 하는데 꿈이구나 생각이 나며 깨어났다. 그래도 반갑다. 숙이 아직 말을 잊지 않은 것은 분명하니 말이다. 기능이 떨어져 외부로 표현하지는 못했지만 머릿속에서는 말이 맴돌고 있었던 것임이 분명하다. 이젠 마음대로 말을 할 수 있겠지. 다행이다. 오늘 아이들이 내 생일을 축하려고 온다 했다. 숙도 내 생일을 잊지 않고 있었던 것이니 나는 분명 아직도 같이 살고 있는 것이다. 내일이 내 생일이다. 우리는 생일 주변으로 편한 날을 잡아 축하 파티를 하곤 하였다. 그래서 아이들이 오늘 오는 것인데 숙도 그 사정을 알았던 모양이다. 내가 이야기하지 않아도 알았으니 그야말로 영적 교통이 행해지고 있는 것이 분명하다. 아이들에게는 엄마 없는 생일 축하 모임이 어색할 터인데…. 내가 꿈 이야기를 하면 또 슬퍼하겠지. 결국 저녁 식사 내내 그 이야기는 하지 못했다. 옛 직장 동료들이 점심때 와서 같이 식사를 하였는데 나더러 떠나간 사람 잊으라 권유한다. 나는 매일 같이 살고 있는데 말이다. 웃었다.

내일은 숙과 같이 방문했던 지리산 뱀사골을 가려 한다. 숙의 걸음이 느려지던 시절 늦은 여름 뱀사골을 방문한 적이 있었다. 옥같이 맑은 계곡수 위로 휘어져 내려온 나무 가지들을 보며 가을 단풍철이 되면 대단한 풍광을 볼 수 있을 것 같다는 생각에 가을에 다시 오자며 다짐했던 곳이다. 그리고는 못내 그날을 기다리지 못하고 숙이 먼저 떠나간 후 이제 나 혼자 그 다짐을 실현하며 숙에게 단풍 모습을 보여주려는 것이다.

뱀사골 가는 길에 대둔산에 먼저 왔다. 완주 숲속에 살고 있던 사진작가 정 교수를 만나러 오면 정 교수가 꼭 이곳 대둔산에 숙소를 마련해 주곤 했었다. 마지막으로 온 것은 5년 전인 듯한데 당시 이곳에 머물며 산정 가까이에 있는 출렁다리까지 올라왔었다. 오늘도 출렁다리에 올라보니 케이불카 정류장으로부터도 꽤 가파른 길이 이어져 있었다. 숙이 이 힘든 오르막길을 걸어 올라왔었구나 하는 생각이 나며 추억이 새삼 회오리처럼 휘감는다. 한걸음 한걸음 끌어당기고 밀고 하며 오르려는 의지를 불 살리려 격려하던 생각이 난다. 같이 왔으나 걸음 늦은 우리보다 먼저 올라왔던 대학

후배 양 사장이 놀라던 일이 생각난다. 그때 이 출렁다리에서 사진도 찍었었는데 오늘도 많은 부부들이 그곳에서 사진을 찍고 있었다. 속으로 "그래 많이들 찍으세요 부부가 항상 같이 있는 것이 아니니까요" 했다. 그때도 보았겠으나 어인 일인지 내 기억에서 사라진 엄청난 거석들이 정상 부분에 병풍처럼, 마치 묵언 수도하는 신선들처럼 서 있으면서 신비감을 들어내고 있었다. 이토록 신비한 모습을 내가 왜 잊었을까? 아니면 당시에는 미처 느끼지 못했던 걸까? 숙에게 만 신경쓰다가 주변과 교유할 마음의 여유가 없었나 보다. 보아도 보는 것이 아니었었나 보다.

남원에 숙소를 정하고 이른 아침 뱀사골을 찾아 나섰다. 길 양편에 이어지는 정령치로 가는 숲길은 이미 단풍들로 장관이었다. 대둔산에서 만난, 자기 욕심만 챙기며 다른 등반객에게는 신경도 쓰지 않던 사진 찍던 사람들, 권력자를 너무나 쉽게 비난하던 20여 년 대둔산에서 식당을 했다던 여 사장이 생각난다. 이렇게 아름다운 곳에 사는 사람들이 왜 자기 생각만 하고 항상 남을 욕하고 때리고 미워하는지 의아하다. 탐욕 때문인가 아니면 오랜 세월 이어온 저항의 DNA 때문인가?

뱀사골 탐방센터에 도착하니 아직 8시도 안 되었다. 인적이 없는 계곡 탐방로로 들어섰다. 화려하기도 하고 은은하기도 한 단풍잎들이 장관을 이루고 있는 계곡이 계속되고 있었다. 서로 어울릴 것 같지 않은 화려함과 은은함이 아무런 충돌없이 신비하게 어울리는 모습을 보다가 슬픔과 기쁨이 함께 있어서 아름다운 인생길이었다는 황의종의 노랫가락이 떠올랐다. 이 인생을 닮은 단풍들과 음악 같은 계곡수의 합창 소리를 벗하며 연이어 이어지는 보도 탐방로를 걸어 올라갔다.

이 보도를 걸으면서도 숙은 말이 없었다. 단지 때때로 쉬며 맑고 힘찬 물줄기를 하염없이 내려다보곤 하였었지. 물에 손을 담가보고 싶어 하는 듯해서 도중에 계곡으로 내려 갔었다. 허리를 굽혀 물에 손을 넣어 보려 하였지만 잘되지 않아 어쩔줄을 몰라 하기에 내가 손을 잡아서 넣어주었던 기억이 난다. 표정은 그래도 무표정, 무슨 생각을 하는지, 아무 생각도 안 하는지 알 듯 모를 듯하던 순간들이 떠오른다. 지금 생각해보면 그때부터 해탈로의 입문과정을 밟고 있었던 모양이다. 잘 걷지를 못했다. 그래서 올라가는 경사도가 급격히 높아지던 곳에서 포기하고 돌아설 수밖에 없었다. "여보! 다음에 다시 오자. 가을에 단풍이 들면."하고 돌아섰던 곳이다. 고개를 끄덕이며 동의를 표하던 모습이 떠오르고 다시 눈물이 난다.

그때 못 가본 곳을 오늘은 가 봐야지 싶어 도중에 탐방로를 약간 벗어나 조선조 말 난리를 피해 들어온 사람들이 살았다는 와운마을에도 들렀다. 어떤 요소가 그들에게 평화로움과 안전감을 주었을지가 궁금하였기 때문이다. 마을은 그야말로 가을 속에 잠겨 있었다. 원래의 자연에 더하여 사람들이 가꾼 보람이 어울려서인지 더욱 신선경이었다. 다시 돌아나와 계곡을 따라 이어진 탐방로를 따라 화개재 방향으로 계속 올라갔다. 한 곳에 이르니 긴 의자가 두 개 놓여 있고 그 위에 부부가 앉아 간단히 무언가를 먹고 있었다. 점심 요기를 하고 있는듯했다. 나도 가져온 것을 좀 먹어야겠다 싶어 옆 의자에 앉았다. 등짐에서 빵을 꺼내어 조금씩 손가락으로 떼어내 먹기 시작했다. 임시로 틀니를 하고 있는 까닭에 영 먹기가 불편하다. 잠간 먹다가 물병을 꺼내 마시고 먹기를 그만두었. 옆에서 식사를 하던 부부가 밀감 두 개를 준다. 혼자 먹는 늙은이가 안쓰러웠던 모양이다. 밀감 껍질을 벗기려 하는데 영 되지 않는다. 밀감을 등짐에 집어넣고 다시 일어나 걷기를 계속했다.

옛사람들이 하늘에 제사 지냈다는 제승대까지 왔다. 이곳에 어떤 요소가 있었기에 이 높은 곳까지 올라와 하늘에 빌었을까? 아주 정상도 아니다. 숲에 가려 하늘이 잘 보이지도 않는다. 제단으로 쓰였을 넓은 바위가 있었기 때문인가? 내가 전에 살던 양평에도 뒷산 중턱 숲속에 분명 제단처럼 보이는 바위가 있었다. 나는 매일 새벽 그 앞에서 하늘에 기도하곤 하였다. 사람들은 이곳 폭포 소리에 마음을 정화하며 저 바위 위에 제수들을 늘어놓고 너울너울 춤추며 하늘에 정성을 다해 빌었을 것이다. 해가 떨어지기 전에 내려가려면 그만 내려가야 할 시간이 된 듯하여 하산을 시작했다.

30분 가까이 내려오다가 딸로 보이는 젊은 여인이 연세 지긋한 아버지로 보이는 분을 모시고 올라오는 일행을 만났다. 딸로 보이는 여인이 말을 걸어온다. 간장소까지 얼마나 더 가야 하는가 묻는다. 간장소는 내가 올라갔던 제승대에서 1km여 더 오르면 있는 경승지다. 내가 시간을 계산해보니 약 1시간 정도 걸릴 듯하여 그렇다고 얘기하니 놀란다. 내가 5시간 정도 걸려 등반을 하고도 간장소에 이르지 못했는데 이 일행은 간장소까지 길 중간지점 약간 못 미치는 현재 내가 있는 장소까지 1시간 20분이 걸렸다면서 나의 1시간 얘기가 믿어지지 않는 모양이다. 내 걸음으로 그렇다고 얘기하고 내려오려는데 아버지로 보이는 분이 말을 걸어온다. "연세가 어떻게 되시는지요?"였다. 내가 웃으며 "생각하고 싶지 않습니다." 하였더니 "참 건강관리를 잘 하셨습니다"하며 찬탄을 한다. 헤어져서 나는 내려오고 그들은 올라갔는데 내려오는 길에서 다시 그들을 만났다. 내가 간장소까지 다녀왔는지 물으니 딸이 얼른 "날으는 듯했지요."라 한다. 아버지가 옆에 있다가 "아니요, 못 갔어요."하며 나더러 건강 관리 잘하라 한다. 혼자 다니는 노인이 부러운가 보다. 나는 딸과 같이 온 부녀가 부러운데.

 화엄사에 갔다. 숙과도 여러 번 갔던 곳, 영적 흐름이 느껴져 옷깃을 여미게 하던 화엄사는 여전히 소리 없는 독경 속에 있었다. 명부전이 있기에 숙의 명복을 빌고 싶어 가까이 갔다. 명부전 한가운데 부처가 좌정하고 있었다. 명부전은 원래 염라대왕이 있을 곳인데 염라 대왕은 한켠으로 물러나고 가운데에 부처가 좌정하고 있는 것이었다. '아! 부처는 어느 곳에든 존재하는구나.' 싶었다. 명부에도 부처가 계신다면 특별히 내가 빌지 않아도 괜찮다 싶어 목례만 하고 지나왔다. 만사를 헤아리는 부처이시기에 옥구슬 같았던 숙의 생전의 모습들을 잘 아시리라 싶었던 것이다.

　밤에 잠을 자는데 숙이 나타나 깔깔거리고 웃고 있었다. 무엇이 그렇게 재미있는지? 아마도 내가 혼자 여행 다니는 모습이 웃음을 자아냈나 보다. 그래, 여보! 내가 보아도 그래. 사람들은 혼자 온 늙은이를 이상하게 생각하는지 식당에서도 잘 받아 주지 않아서 두 번이나 거절 당했고 받아 주는 곳에서도 자꾸 물어, "왜 혼자 다니는지"를. 그러면 나는 웃으며 마지못해 답하지. "형편이 그렇게 되었습니다."라고. 혼자 다니는 것이 그렇게 이상한가? 이게 다 내가 잘못해서 초래한 형국이다 생각하니 숙이 깔깔 거리며 재미있어 했던 이유를 알 것 같았다. '쌤통이다' 이렇게 생각하는 것이다. 그래 정말 '쌤통'이다. 그렇지? 여보!

　오늘은 피아골에 갔었다. 소설, 태백산맥의 작가가 빨치산들이 흘린 피가 단풍이 되었다 했던 핏빛 단풍을 보려고 갔던 것이다. 아직 이른 철인지 골짜기에는 간간히 붉은 빛이 보일 뿐이었다. 아니, 아예 붉어질 단풍나무들이 별로 없었고 주로 떡갈나무들의 누렇게 된 잎들만 주로 눈에 띄었다. 피아골이라는 이름도 피밭골에서 연유 된 것이며 이곳에 있던 한 사찰의 스님들이 식량 조달을 위해

벼 대신 피를 재배했었는데 그래서 피를 재배했던 밭이 있던 골이라는 의미로 피밭골이라 불리웠던 것이 세월이 지나며 발음 편의상 피아골로 변했다는 것이다. 작가의 상상력이 하늘을 날다가 빨치산이 흘린 피와 피아골의 피를 결합한 것이 분명했는데 나는 작가의 상상력의 효과로 오늘 이곳에 와서 붉은 가을의 모습을 찾고 있는 것이다. 이와는 다르게 뱀사골에는 그야말로 당시 공비 토벌을 하다가 순직한 경찰관들과 공비에게 죽은 민간인들의 피를 연상시키는 단풍이 그야말로 붉게 피어나고 있었다. 뱀사골 입구에는 이들 수백 명 고혼들의 이름이 아로새겨진 위령비가 방문객들을 맞고 있어 가을 단풍을 찾아 먼길을 온 길손의 마음을 스산하게 하고 있었다. 희생자들의 이름이 새겨진 위령탑 앞에 서니 나도 모르게 기도가 나온다. "하늘이시어 희생을 마다하지 않은 이분들의 피가 이 나라를 보호하게 하소서". 경찰을 소설 속 주인공으로 하면 소설이 안 되나 보다. 이곳 뱀사골이야말로 경찰관들이 흘린 피가 핏빛 단풍이 되어 찾은 이들의 기도를 유발하고 있는데 소설 속에서는 이들의 희생은 언급이 없고 빨치산의 피 얘기뿐이다. 소설, 태백산맥의 주 무대인 보성의 벌교에도 갔다. 소설 속의 무대는 상당히 큰 마을처럼 느껴졌었다. 그러나 현장은 좁고 작은 거리였고 무슨 역사가 이루어졌을 것 같지 않아 작가의 상상력과 표현 방식에 놀랐다. 작가는 없는 것도 만들어 내는 그야말로 작가인 것이다. 지리산의 주봉들과도 멀리 떨어져 있어 밤이 되면 공비가 출현할 만한 큰

산골 역시 가까이에는 보이지 않았다. 다만 풍요로 왔을 농지들과 찰랑거리는 호수처럼 고요한 바다만이 눈에 들어오는 것이었다. 풍요로움 속에 땀흘리던 소작인들의 피로 이어졌을 개연성은 있었을 것이다. 그것을 상상케 하는 지주들의 대규모 전각이 아직 남아 있는 현장이 여러 곳 있었다. 그들이 연못을 파고 연꽃을 관상하며 높은 전각에 앉아 시를 읊는 동안 땀 흘리며 논밭에서 일하던 소작인들이 있었을 것이다. 소작인들의 땀흘림이 있어 지주들이 풍요를 누렸겠지만 그 풍요로움은 문인들을 탄생시켰나 보다. 이곳 해안을 낀 남부 지방 출신인 문인들이 많다. 지금 내 눈으로 보아도 풍요롭다. 유명 문인들을 많이 배출한 장흥에도 갔다. 장흥의 유명산인 천관산 오르는 길목에 시비가 하나 서 있었다. 단어 하나하나 글자 하나하나, 발음이 연상시키는 시적 감흥마저 고려하여 고심해서 탄생시킨 작품임이 느껴지는 아름다운 시였다. 시를 쓴다 얘기하고 다니는 내가 부끄러워진다. 나는 아직 멀었구나 싶었다.

 꿈에 일본의 유명 시인이 천(天)·지(地)·인(人)을 주제로 시에 대해 강의하고 아버지가 통역과 해설 역할을 맡아 등장하는 꿈을 꾸었다. 구체적으로 각기 주제에 맞는 설명까지도 한참을 꿈은 풀어가고 있었다. 분명 아주 일리가 있는 해설이었었는데 꿈에서 깨어나니 기억이 나지 않아 되살릴 수가 없다. 그래! 천·지·인은 하나하나가 모두 시의 중요한 주제가 될 수 있는 요소들임이 분명하다.

42.

집에 왔다. 저녁이 되니 피곤이 몰려와서인지 졸려 침대로 갔다. 새벽녘에 꿈을 꾸었다. 어디에선가 숙과 수영을 하고 나왔는데 하의가 없다. 하는 수 없이 상의들만 입고 길을 나섰다. 무대는 예술의 전당 잔디밭이었다. 숙은 옅은 갈색 위에 같은 계통이지만 진한 세로 줄이 있는 고급스런 상의만 입고 있었는데 아랫도리가 보일까 말까하는 상태였고 나 역시 아래 치부만 살짝 가린 티셔츠를 입고 있었다. 오늘 공연에서 노래를 불러야 하니 연습을 하자며 숙이 나에게 발성 연습을 유도한다. 잘 된다. 사람들이 지나가며 숙이 아름답다고 속삭이는 소리가 들린다. 잔디밭에서 아이들이 공놀이를 하고 있었다. 공 하나가 숙 쪽으로 왔다. 숙이 발로 차서 공을 되돌려 보낸다. "앗! 그러면 밑이 보일텐데."하고 놀라며 잠이 깨었다. 나는 혼자 여행을 간 것이 아니었다. 우리는 항상 같이 있는 것이었다.

노래 공부를 하고 싶은데 제주로 이사하며 피아노를 이웃에게 주어버렸으니 음정을 맞출 방법이 없다. 있어도 놓을 자리도 없다. 얼마 전 아파트 단지 내에 성악을 지도한다는 광고를 보고 전화하였더니 배우려는 사람이 남자 노인임이 마음에 걸려서인지 전화 받는 젊은 여성 선생이 꺼려하는 기색이 역력하다. 아마 입시생들만 지도하나 보다 생각하고 배우기를 포기하였다. 어딜 가나 기계들하고 싸워야 하고 배우려면 늙었다고 거절당하고 여행에서는 늙은이가 혼자 다닌다고 이상하게 생각하며 식당에서마저 입실을 거절당하는 신세가 되었다. 그저 자연과 대화하고 책 그리고 그림과 벗하며 지내는 방법밖에 없다. 오늘도 등산을 하련다. 입동이다. 더 늦기 전에 가을의 정취를 벗해 보련다.

43.

 이천 온천엘 갔다. 40여 년 전 '직장 생활을 그만 두어야 하나.' 고민이 시작되었던 어느 가을 날, 나는 직장에 휴가를 내고 자전거로 서울 둔촌동에서 이천까지 달려 온 적이 있었다. 이천에 와서 보니 온천이 있기에 온천욕마저 하고 나니 피로가 몰려와 도저히 자전거로는 왔던 길을 되짚어 집까지 갈 용기가 나지 않았다. 숙에게 연락해서 이천까지 온 경과를 얘기하였더니 숙이 택시를 타고 나를 도우려고 왔다. 온 김에 온천욕을 같이 하고 택시 짐칸에 자전거를 실은 후 둔촌동 집까지 온 적이 있었다.

 가을이 되어서인지 오늘도 무엇인가 스산함이 있어 집을 나서 옛 추억을 더듬으며 길을 찾아가는데 의외로 못 보던 고속화 도로가 뚫려 있어 나도 모르게 그 길로 들어섰다. 차들이 빠르게 달린다. 마치 목적지를 향해 전후좌우를 돌아보지 않고 앞만 보고 달리는 직장인들 같다는 생각이 들 정도로 고속도로는 가을 정취를 생각할 여유가 없이 나를 몰아붙이고 있었다.

직장 생활이 그랬다. 나를 돌아볼 여유가 없었다. 하루 4시간 이상 자 본 적이 없을 정도로 바쁘게 보내다 보니 나를 돌아보는 시간은 새벽에 동네 산에 올라 하늘에 기도하는 시간뿐이었다. 기도를 하다 보면 나를 지상에 보낸 하늘에 죄를 짓는 것 같은 현실을 빨리 벗어나야 하겠다는 생각과 그러려면 직장을 그만 둘 수밖에 없다는 상황이 나를 짓눌러 왔었다. '왜 사는지? 내가 왜 세상에 왔는지'를 물으며 나를 찾는 물음이 떠나지 않았던 것이다. 자전거를 타고 높은 고개를 넘고 호젓한 시골 길을 벗으며 내 속의 시계와 맞추어 갔던 이천행 순간들이 생각난다.

그러나 오늘 고속도로는 내가 기억하고 있던 시골길과는 달리 무미건조하고 밋밋했다. 그저 빠르게만 달려야 하니 주변이 보이지 않는다. 이천 표지를 보고 출구로 내려왔더니 이번에는 거리가 생소하고 대형 도시가 되어 있다. 전에는 서울에서 이천 오는 길을 따라오면 바로 한적한 온천장이 나왔었는데 그 사이에 새로운 길이 뚫린 것인가? 온천장을 못 찾겠다. 네비게이션을 켜니 이내 안내를 시작하는데 바로 이웃한 거리였다. 온천 호텔이 있었다고 생각되는 곳에 설봉 온천랜드라고 이름 지워진 구조물이 보이고 호텔은 어디 있는지 모르겠다. 설봉이라는 이름이 기억난다. 그 당시에도 있었던 것 같다. 시설 입구에 들어가 입장료를 내며 호텔은 어디 있는지 물으니 호텔은 문을 닫았다 한다. 호젓한 온천욕은 기대할 수 없을 것 같다. 많은 사람들이 입장하고 있었다. 사람들 사이에 끼어

온천욕을 마치고 나오니 옛길이 보인다. 바로 온천장 앞길이었다. 그길로 접어 들었다. 호젓하다.

　숙과 같이 서울로 돌아오던 길, 그후 양평으로 이사한 후에도 둘이 같이 자주 다니던 길 그 길이 내 눈앞에 쭉 뻗어 있었다. 이 길 도중에 가끔 들려 도자기 그릇을 사오고 했던 유명메이커 판매장도 생각나고 이천쌀밥을 먹던 언덕 위 식당도 보인다. 자동차에 기름을 넣던 주유소도 옛 그대로 있었다. 차도 별로 안다니는 호젓한 옛길이 역시 정감이 있다. 고속도로와는 다르게 주변이 보인다. 가을이 눈에 들어오는 것이다. 그래! 삶의 형태는 고속도로가 아닌 시골길 달리기 같은 것이 되어야 했다. 전후 좌우를 보아가며 이웃과 교류하고 웃고 얘기하며 살았어야 했던 것이다. 사라지는 시골길들이 아쉽다.

44.

　이천을 다녀 온 다음 날 내친김에 양평에 가보자 생각하고 길을 나섰다. 가을 단풍을 그리고 있는데 무언가 한 가지가 부족하다 느껴져서 그것 한 가지를 내 기억 속에 남아 있는 양평의 모습에서 찾으려 했던 것이다. 집 근처에서 고속화 도로로 접어들어 하남 방향으로 가려 하였으나 차선을 잘못들어 차선 변경을 할 수가 없었다. 변경 차선으로 먼저 들어선 차들이 끼어들려는 나를 향해 마구 경적을 울려댄 것이다. 하는 수 없이 출구를 옆으로 보면서도 이를 지나쳐 서울 방향으로 갈 수밖에 없었다. 이젠 조금 더 가서 남한산성을 오르고 내리는 수밖에 없다고 생각하며 가는데 웬 걸 양평 방향 표시가 나온다. 내가 몰랐던 옛길이 있었던 것이다. 새로운 길을 찾은 기쁨을 느낄 사이도 없이 갈랫길이 나오는데 또다시 길을 놓쳤다. 표시 방향에 혼란이 생긴 것이다.
　한참을 돌아 제 길을 찾아 들었다. 이번에는 역시 시골 옛길이 좋다는 생각을 키울 정도로 정감 있는 단풍길이 펼쳐진다. 그 길

한켠으로 경안천이 반짝이며 흐르고 있었다. 팔당호를 끼고 도는 퇴촌 길로 접어들었다. 옛날 자주 다니던 길이다. 호젓했던 이곳을 숙과 나는 주말이면 거의 매주 찾아왔었다. 당시 연꽃이 끝모르게 피어 있던 호수를 내려다보며 다리 위를 걷던 생각도 난다. 걸으면서 우리는 견우와 직녀를 생각했었지. 견우와 직녀가 만나는 순간보다 긴 시간 같이 있는 우리 상황을 기뻐했었는데 역시 지나고 보니 한 순간의 꿈이었고 우리는 다시 은하수 건너 멀리 떨어져 만날 수 없게 되었다. 빨리 달리는 차들이 쌩쌩거리며 훌쩍훌쩍 지나간다. 옛 생각에 잠길 여유가 없이 나도 그저 남들 따라 달린다.

 다시 한번 길 표시를 오인하고 잠시 딴 길로 접어들었다가 돌아나와 분원 쪽으로 방향을 잡았다. 옛 모습이 그대로 남아 있다. 기억 속에 남아있던 장소에 기억에 부합하는 숲속의 집들이 그대로 자태를 들어낸다. 이곳을 지날 때마다 부러워했던 기억이 난다. 우리는 전원에서의 삶이 좋았었기에 겉에서 집이 보이지도 않을 정도의 커다란 정원이 있는 전원생활을 꿈꾸었었다. 결국 자그마하게 흉내만 내고 실제는 이루지 못한 꿈이었지만 그 시절이 좋았었다. 커다란 은행나무들이 노랗게 물들은 채 장중한 침묵 속에 서 있었다. 그 앞에서 한참을 서서 햇살에 반짝이는 장엄한 나무를 올려다 보았다. 왜 침묵하듯 보일까? 햇살이 반짝이며 분명 무슨 말인가를 하고 있는 듯한데…. 침묵하며 얘기를 한다니! 어떻게 침묵하며 동시에 얘기를 하지? 이렇듯 모순되어 보이면서도 병존하는 존재들이 가끔 있다. 화려하면서도 은은하고 말할 듯하면서도 입을 닫고 있고 우는 듯하면서도 웃는 존재는 바로 숙이었다. 아니 은은하지만, 항상 화려했었고, 침묵하였지만 항상 말을 하고 있었으며, 웃었지만 속으론 울었을 존재, 그 존재가 바로 숙이었다. 울었어야 하는데 웃어야만 했던 처신, 그래서 하고 싶은 이야기도 못하고 속으로 삭여야 했던 아픔이 이제야 나에게 말을 걸어온다.

45.

　40여 년 전, 내가 미국 연수를 떠나 몇 개월 집을 비웠다가 돌아오니 숙이 공항에 마중을 나왔는데 눈이 퉁퉁부어 있고 손가락에는 붕대를 감고 있었다. 무슨 일이 있었는지 물으니 손가락은 협죽도 화분의 분갈이를 하다가 다쳤다는 것이었고 눈이 부은 것은 설명하지 않지만 많이 울어서 생긴 현상임이 분명했다. 협죽도 뿌리는 조선시대 사약의 원료로 쓸 만큼 독성이 강한데 분갈이할 때 다친 손가락에 뿌리의 독성이 침투했었나 보다. 말을 들어 보니 내가 없는 동안 마을에 홍수가 나서 그 홍수 사태 중 차를 몰고 가다가 시동이 꺼지는 등 남편이 옆에 없어 여러가지 고생을 한 모양이었다.

　바로 그날 공항에서 나는 한 여인과 헤어지며 나온 길이었다. 그 여인은 미국 연수 중 친해져서 자기 항공 일정을 다 바꾸어 나와 동행하다가 김포공항에서 다른 비행기로 갈아타고 원래 목적지인 대만으로 간 여인이었다. 여행 중 다정한 한 쌍으로 보였는지 승무원이 부럽다고 할 정도로 우리는 계속 다정하게 얘기하며 왔었다. 미국 체재 기간 중 공부도 같이 했고 주말이면 여행도 같이 다녔는데 세미나가 끝나니 나랑 떨어지기 싫다며 나의 다른 일정에 동행하다가 결국 귀국길도 같이 하게 된 것이었다. 그녀의 이름은 링링이었다. 2nd wife로 살아도 좋다며 곧 다시 한국에 오겠다고 약속하며 갔다.

숙의 부운 눈과 붕대를 감은 손가락은 나에게 경고하고 있었다. 네가 딴짓하는 동안 네 처가 어떻게 되었는지 보라고. 그런데 계속 딴짓을 하면 무슨 일이 벌어질지 짐작도 못하느냐고 얘기하고 있었다. 일주일 후 정말로 링링이 다시 왔다. 첫 부인에게 줄 선물을 사 들고. 하늘의 경고가 들렸지만, 나는 이 새로운 환경에서 벗어날 수가 없었다. 서울 근교의 한적한 시골길을 달리며 우리는 지나가는 시간을 아까워 했다. 며칠이 순간처럼 지나가고 링링이 가는 날이 되었다. 떨어지기가 싫었던 나는 이번에는 내가 대만에 가겠다고 약속했다. 속으로는 '그래 2nd wife야, 나는 제2 부인을 만나러 가는 것일 뿐이야.'하고 외치며 나를 합리화하고 있었던 것이다.

몇 주일 후 이번에는 정말로 내가 대만에 갔다. 송미령 여사가 세웠다는 교외의 한 호텔을 예약해놓은 링링은 나를 그곳으로 안내했다. 우리는 손을 잡고 근처를 산책했다. 한 곳에 이르니 무덤 지대가 나오는데 웬만한 크기의 집같은 형태를 취하고 있어 사람이 들어가 살 만도 했다. 그 무덤 앞에서 '우리는 죽어서는 같이 있을 수 있을까?'하며 현실에서 같이 있지 못함을 아쉬워 했다. 생사의 다리에 걸친 무지개가 우리를 휘감고 있었던 것이다. 그러나 그 순간 나는 죽어서도 같이 있기 힘들 것 같다는 생각에 속으로 당황했다. 내 운명을 보는 것 같았기 때문이다. 한 도교 사원이 있었다. 수많은 사람들이 복을 빌기 위해 향불을 피우고 기도하고 있었다.

링링은 한 묶음의 향초를 사오더니 불을 붙이고 기도하는 것이었다. '우리 둘이 같이 있게 해달라'고 기도한다 하였다. 저녁이 되어 타이페이 시내 시장에 간 우리는 시장 속에 있는 작지만 유명하다는 한 식당에 들렀다. 링링은 소동파 등 옛 시인들이 마셨던 방법이라며 소홍주에 마른 자두를 넣은 후 약간 데우는 것이었다. 은은한 향이 느껴지며 정감을 불러일으키던 그 술 몇 잔은 내 마음마저 녹이고 있었다. 나는 점점 링링과 떨어지기가 싫어졌다. 그래서 중국어를 공부하러 오겠다고 했다. 그 말에 뛸 듯이 기뻐하던 링링은 그 후 얼마 안 되어 타이페이 대학의 어학과정에 나를 등록하고 등록증을 가지고 나에게 전하겠다며 서울로 다시 왔다.

첫째 부인에게 선물한다며 고운 옷감도 가지고 오고 나에게는 내 이름이 새겨진 찻잔을 만들어 왔다. 숙의 부었던 얼굴과 손가락은 그때쯤은 다 나아 있었다. 남편이 곁에 있으니 마음이 안정이 되었던 모양이다. 한편 나는 링링이 나에게 선물한 내 이름이 적힌 찻잔을 보며 타이페이로 떠날 생각을 하고 있었다. 아무런 눈치를 채지 못한 숙은 그저 내가 옆에 있는 것 만으로도 좋아하고 있었다.

 마음속에 갈등이 생기기 시작했다. 링링이 타이페이로 떠나는 날 새벽 나는 집 인근의 소나무 숲속을 헤매며 갈등했다. 어찌해야 하나? 중국어를 배운다 핑계하며 타이페이로 가서 6개월을 링링과 지낸다? 숙의 눈은 눈물로 부어오르고 손에 감았던 붕대는 이번에는 다리에 감을지도 모르는데. 지난번 현상은 '하늘이 나에게 보내는 경고였다.'하는 생각이 떠오르며 타이페이에서 보았던 무덤들이 생각난다. 나는 그때 링링과는 죽은 후에도 한곳에 같이 있기가 어려운 사이임을 스스로에게 인지시키고 있었지 아니했던가?

 공항 출국장에서 헤어지며 나는 내가 타이페이로 갈 수 없음을, 약속을 지킬 수 없음을 링링에게 얘기할 수밖에 없었다. 처음에는 무슨 소린가 하던 링링은 이내 그 뜻을 알아듣고 울면서 출국장 안으로 들어갔다. 한 번도 뒤돌아보지 않고 흐느끼며 멀어져 갔다. 그 뒤로는 꿈에만 나타나 나를 멀리서 쳐다만 보다가 사라지곤 해서 나를 안타깝게 하였지만 나는 다시는 그녀를 만나러 타이페이로 가지 않았다. 다른 일로 몇 차례 갔지만 인연이라면 만나겠지 싶어 연락하지 않았고 인연이 아니었는지 만나지 못했다. 인연에도 범주가 있는지 오로지 꿈에서만 여러 차례 만났다.

숙이 나를 떠나간 후 어느 날 나는 바닷가에 나가 수평선을 바라보며 '혹시나 링링이 바다 건너 오지 않을까?' 상상하고 있었다. 가득히 몰려왔다가 남김없이 물러가는 파도를 보며 불현듯 이제 제2 부인도 보내주어야 하겠다는 생각이 들었다. 첫째 부인을 저세상으로 보낸 사람이 무슨 얼굴로 둘째 부인을 찾나? 이제 둘째 부인도 보내 주자. 아니! 놓아주자. 모두 인연을 나의 속박으로부터 자유롭게 풀어주자.

자비

지리산은 말 없는 어머니
하늘이 울고 땅이 소리쳐도
오직 한 마음 생명을 잇기 위해
온 몸으로 자아내는 물 줄기
묻지도 따지지도 않고 그렇게
오늘도 아랫세상 적시고 있네

인연

바람이 불면 바람에 실려 보내련다
정감은 물론 기억마저 같이 보내련다
이제는 찾지도 부르지도 않으련다
푸른 하늘 흰구름만 하루종일 보련다
무언가 보냈다는 것 그것마저 잊으련다

46.

　숙이 돌연히 떠나고 난 후 회오리처럼 나를 휘감고 몰아쳐 오던 슬픔을 나는 동네 화실에 나가 그림에 쏟아부었었다. 그 시절 여섯에 달하는 나의 '슬픔 시리즈' 작품들을 같이 보아주며 나의 슬픔을 이해해 주던 동우회 분들 중 나처럼 홀로 되어 미국에 있는 아들 근처로 아주 이주해간다는 분이 있었는데 내가 지난 7월 서귀포를 떠나올 때에 나의 송별 모임에 참석하여 따사로운 분위기를 만들어준 분이다.
　그분의 출국일이 다 되어 간다고 하여 이번에 내가 송별 모임을 마련하고 참석을 위해 11월 중순 어느 날 오후 늦게 서귀포로 내려왔다. 내가 이곳에 있을 때 숙과 같이 자주 들리던 60 beans라는 카페에 펜션 시설이 있어 그곳에 숙소를 정하고 방에 들어왔을 때에는 9시에 가까운 어두운 밤이었다. 샤워를 하고 이내 잠이 들었다.
　한밤중이었다. 하얀 달빛 때문이었는지 잠이 깨었다. 밖으로 나갔다. 파도 소리가 몰려온다. 바다에는 편편의 달빛이 수많은 조각배가 되어 반짝이고 있었다. 그것은 자비의 향연이었다. 숙이 떠나던 날 눈빛이 생각난다. 티끌 하나 없이 맑고 맑던 그 눈빛은 바로 자비, 그렇다 바로 지금 내 눈앞에서 반짝이는 저 자비의 빛이었다. 철썩이는 파도 소리마저 자비의 음을 발하고 있고 장대한 야자수 나무 가지 사이로 오리온좌가 커다랗게 펼쳐지며 나더러 '나를 타고 천상으로 올라오라 올라오라' 부르고 있었다. 달빛과 파도 소리가 자아내는 숙과의 옛 추억이 내 가슴속으로 아련하게 파고든다. 날이 밝으면 전에 울며 오르내렸던 한라산 영실 코스를 찾아야지.

47.

 낮에 한라산 영실 코스를 찾았다. 동물들이 튀어나올 것 같은 입구의 장대한 소나무 숲을 경외스러움으로 지나고 청량한 기운을 뿜으며 흐르는 계곡수 옆에서 맑은 정기를 호흡하다 오백 장군의 병풍 거석들 앞에 서니 끝 모르게 펼쳐지는 아랫 세상 오름들이 내려다보인다. 역시 장관이다. 오백 장군상들을 구성하고 있는 바위들에는 곳곳에 한참 때는 지났지만 아직 영기를 머금고 있는 그윽히 붉은 단풍들이 가는 가을을 지키고 있었다. 철쭉이 피어 장관을 이루던 평원은 어떤 모습일까?

 윗세오름에서 올려다 보는 한라산 영물, 분화구의 모습은 또 어떨까? 궁금했던 모든 것들을 하나하나 찾아 마음속에 간직하며 오르다 보니 시간 가는 줄도 모르겠고 오로지 '조금 더, 조금만 더.' 하며 올라 어느 사이에 분화구 밑까지 도달했다. 보고 싶었던 왕관을 쓴듯했던 대단한 장관은 짙은 안개 속에 가리어져 있었다. 원래 영물은 모습을 보기가 어려운 것이지 생각하며 아쉬움에 잠겨

다시 내려오는데 갑자기 이상한 생각이 들었다. 지난번 숙을 보내고 이곳에 올랐을 때 가슴을 파고들던 슬픔이 사라진 것이다. 목표가 한라산의 가을을 보는 것이어서 그것에 집중하다 보니 슬픔이 끼어들 공간이 없었나? 아니면 내가 숙이 없는 세상에 익숙해져 가는 것인가? 숙과 나의 영적 고리가 끊긴 것인가?

미국으로 간다는 분의 송별회를 열어주고 다음 날 귀경길에 서귀포 휴양림에 들렸다. 휴양림 입구, 무장애 보도를 걸어 들어갔다. 둥그런 공간이 나오고 벤치 둘이 서로 마주 보고 있는 곳에 오니 고개를 떨구고 앉아 있던 숙의 모습이 다시 보인다. 순간 쓸쓸함이 몰려와 한참을 서 있었다. 벤치에 앉아 있을 때에도 혹시 뒤로 넘어가지 않을까 염려되어 내가 등받이 역할을 하며 뒤돌아 앉아 있었던 생각이 난다. '그래도 그때는 둘이었었는데 이젠 혼자네' 생각하는데 슬픔 대신 쓴웃음이 난다. 그래 혼자 되었어. '여보! 이젠 슬프지 않아. 세상에 남기고 갈 그간의 연구를 조금 더 진척시켜야지' '당신이 미리미리 훈련을 시켜서 혼자 사는데도 문제가 없어. 식사는 아들이 보내주는 음식이 있어 충분히 잘 먹고 있지. 노래 가르쳐 줄 사람이 없어 유투브를 몇 번이고 들으며 되풀이 연습하고 손잡고 걸을 사람이 없어 때로 휘청거리긴 하지만 그래도 허리 펴고 산에도 오르고 단풍을 보며 당신을 연상하기도 하지.' 세월은 그렇게 가고 있었다.

48.

 오늘은 처가 식구들을 만나는 날이다. 미국에서 일가를 대동하고 처형 식구가 오셨다기에 서울에 간다. 연세가 높으셔서 이제 언제 또 태평양 건너오랴 싶어 마지막으로 서울 형제들을 보러 오신 모양이다. 모임에 나갔다. 모임에는 큰 처형의 아들이 나와 있었다. 나와 처형의 관계일로 장인상 부고에서 내 이름을 빼 버리고 나를 도둑 취급하던 조카 녀석이 내 앞에 앉아 있었던 것이다. 아무렇지도 않게 얘기들을 나누었으나 내 머릿속 한켠에서는 오래전 일들이 다시금 하나하나 떠올랐다.

 오래전 분당에 살 때 이야기다. 하루는 처형이 찾아왔다. 국회의원인 남편이 재출마하려는데 선거비용이 필요하니 자기 명의로 되어 있는 빌딩을 담보로 내놓으라고 하여 싸웠다며 집을 나왔으니 우리 집에 며칠 머물겠다고 했다. 그 일이 있은 후 얼마 되지 않아 또다시 찾아와 '빌딩 명의를 숙 앞으로 하자.'며 협조를 요청해달라

했다. 그래서 그 빌딩은 숙의 명의가 된 상태에서 여러 해가 흘렀다. 당시 우리는 살던 단독 주택을 팔고 분당의 당첨된 새로운 아파트로 이사하며 여유 자금이 생겨 내 명의의 아파트 한 채와 숙 명의의 아파트 또 다른 한 채를 갖고 있었던 시기였다. 처형이 돈이 필요하다며 숙 명의의 아파트를 담보로 제공해줄 것을 요청해 와서 말없이 그렇게 했다. 그 외에도 돈이 필요하니 명의를 빌려 달라고 하여 또 다른 신용대출을 숙 명의로 일으켜 큰 규모의 대출금을 가져간 적이 있었다.

그리하고 난 후 사달이 생겼다. 은행에서 최고장이 날아오기 시작한 것이다. 연체 중인 대출금을 상환하지 않으면 강제 처분을 하겠다는 통고였다. 세무서에서도 체납중인 세금을 납부하지 않으면 재산을 압류하겠다는 통보가 왔다. 그 빌딩과 관련한 세금 역시도 체납 중이었던 것이다. 학교의 교사였던 숙은 혹시나 이 사달이 학교에 알려질까 염려하여 고민하다가 장인에게 호소하여 해결된 일이 있었다. 그 일로 인해 미안함을 느끼셨는지 장인이 하루는 나에게 강원도에 있는 자기 소유의 철광산을 양도해주겠다고 하시는 것이었다. 광산에 대해 문외한인 나는 사양했다. 그래도 명문대학을 나오고 대기업에 다니는 내가 발이 넓을 터이니 경영에 도움이 될수 있을 것이라며 생각해보라 하셨다. 계속 거절할 수만은 없어 생각해 보겠다고 답변을 하고 나왔는데 하루는 사무실로 그 광산 업무에 관여하였던 친척이 나를 찾아와 광산 업무와 그간의 내력을

쪽 설명하는 것이었다. 그래도 자신이 생기지 않던 나는 여전히 광산 경영에 대한 가부 답변을 하지 못한 상태에서 여러 날이 지나갔다. 하루는 처형이 사무실에 불쑥 나타나 자기가 아버지 광산 때문에 그간 얼마나 많은 재정적 부담을 하였는지 장광설을 푸는 것이었다. 내가 묻지도 않았는데 광산 이야기를 하는 것으로 보아 아마도 장인의 의도가 처형에게 어떤 경로로 알려지게 된 듯하였다. 나중에 알았지만 그때 광산 소유권은 이미 처형이 다 챙겨간 후였다. 처형의 재산에 대한 욕심은 물불을 안 가리는 형국이었다. 늦게 사십 대에 고관의 후취로 들어가 자식 둘을 낳아 기르던 처형에게는 아마도 그 자식들에게 물려줄 재산이 절실 했던 모양이었다. 당시 처형은 종말론을 주장하는 목사들에 사로잡혀 있을 정도로 삶에 지쳐 있었다.

국회의원이라 재산을 공개하고 등록해야 했던 남편 때문에 '자기 재산이 동생 명의로 되어 있는 것이 세상에 알려질까?' 항상 불안해하던 처형은 어느 날 그 빌딩을 종말론을 주장하는 한 목사에게 기증하겠다고 인감증명을 해달라고 했다. 숙은 역시 두말없이 모든 필요 조치에 협조하였다. 그래서 우리는 그 빌딩에 대한 일은 잊고 있었다. 그리고는 몇 해인가 지나갔다. 나도 다니던 대기업에서 벗어나 내 사업체를 운영하고 있던 어느 날 처형이 사무실로 나를 찾아왔다. 목사에게 넘어간 그 빌딩에 관련하여 양도세를 납부하지 않았기에 세무조사가 시작되었고 곧 숙에게 불성신 신고로 가산세가 붙은 세금이 부과될 것이라는 설명이었다. 내용을 알아보니 목사에게 증여한 것이 아니고 매매 형태로 양도해 주었기 때문에 양도세를 내야 했는데 그것을 내지 않았다는 것이다. 거래 형태 여하에 불구하고 사실상 그 물건을 증여받은 목사가 내야 하는 세금이었는데 내지 않아 결국 매도자인 숙에게 세금이 부과되도록 일이 진행된 것이었다. 그 일로 세무서의 담당을 찾아가 해결 방법을 찾자는 것이었다. 담당한테 간다고 무슨 해결 방법이 있겠나 싶었지만, 그 담당이 처형의 지인인 듯하여 의견이나 들어 보려고 집으로 그를 찾아갔다. 처형이 갖고 있던 유명인의 그림 몇 장 들고 하소연을 하던 우리에게 돌아온 것은 6억이 넘는 세금을 내는 방법밖에 없다는 결론이었다. 그 일이 있은 후 이번에는 지방 국세청 직원이 사무실로 나를 찾아오기 시작했다. 세무조사 중이라며 조사가 시작된 상황이니 없던 일로 할 수가 없다는 것이었다. 나는 답답해졌고 숙은 매일 불안해했다. 하루는 처형과 문제의 목사가 내 사무실을 찾아왔다. 목사의 이야기는 자기는 그 빌딩에서 나오는 임대 수입으로 장학금을 주어 왔기 때문에 실제 소득이 없었다는 것이다. 그러니 세금을 낼 수 없다는 것이었다. 아무렇지도 않게 이야기한다. 분명 세금 부담은 증여받은 목사가 내기로 하였을 터인데도 부끄러움이나 미안한 마음이 조금도 없다.

　화를 내보아야 소용없는 일이었다. 목사란 존재는 원래 그렇게 세상 돌아가는 일과 무관하게 자기만에 빠져 있는 존재였으니 그런 존재에게 증여해주고 세금 문제로 고민하는 사람이 잘못된 것이었다. 문제 해결에 고민하던 나는 환매라는 방법을 생각해 냈다. 그리고는 목사에게 "유일한 방법이 있는데 그것은 원상으로 회복하는 일"이라 설명했다. 즉 환매한 후 빌딩을 제3자에게 팔아 나오는 대금으로 세금을 납부하고 남는 것이 있으면 목사에게 주겠다고 했던 것이다. 우리는 그렇게 합의하고 일은 협의 내용에 따라 진행되었다. 환매에 따른 등록세 등은 일단 내가 부담하여 납부하였다. 그리고는 처음으로 그 빌딩에 가보았다. 빌딩은 완전히 빈민굴이 되어 있었다. 그렇게 해놓고 목사는 이들로부터 받은 임대료로 장학사업을 했다고 조금도 부끄러움 없어 했던 것이다. 그 빈민들로부터 임대료를 받았다는 것 자체가 부끄러울 정도였고 빌딩 상황은 목불인 지경이었다. 나는 목사라는 성직자에게 사기를 당한 기분이었다. 목사가 나와 헤어지며 회사 이름에 '팔팔'을 넣으라고 했을 때부터 이 목사가 사기꾼 아닌가 의심이 들었었는데 빌딩의 현황을 보고 나니 그 생각이 더 굳어지는 것이었다. 목사에게 빌딩 판매 대금을 준다는 것이 결국 사기꾼에게 상납하는 결과가 될 것 같다는 생각이 들기 시작한 것이다.

어찌 되었든 먼저 세입자들을 정리할 필요가 있었다. 보증금은 물론 이사 비용마저 대주며 빌딩에 방을 만들어 살며 빈민굴 분위기를 만들던 아이들을 내보내고 그들이 살던 방의 집기들을 치워 버렸다. 그리고 나니 조금 빌딩 같아졌다. 처형이 관리하던 시절부터 말썽을 피우던 미장원이 있었다. 동서와 동향으로 그의 선거운동을 하던 사람인데 빌딩 명의가 명의 신탁 되어있다는 것을 당국에 신고하겠다고 계속 협박해온 사람이다. 이 사람이 빈민굴을 만든 장본인이었다. 그 사람에게도 나가 달라고 통고했다. 그런데 그가 내 사무실로 나를 찾아오기 시작했다. 여전히 같은 협박을 하며 권리금을 내 주어야 나가겠다며 남들 들으라고 일부러 고래고래 소리를 지르며 나를 협박해온 것이다. 일단 위험을 제거할 필요가 있다 판단한 나는 보증금에 더하여 권리금마저 챙겨 주며 그를 내보냈다. 나에게 여유 자금이 있을 수 없었기에 그 빌딩을 은행에 담보로 넣고 육천만 원을 대출 받았었는데 그 자금이 바닥이 나가고 있었다. 하루는 처형이 와서 사천만원을 달라고 한다. 목사에게 양해를 구했다며 미리 달라는 것이었다. 나에게 돈이 없음을 아시지 않는가 항변하였지만 마치 빌딩 하나 거저먹은 나에게서 돈이라도 긁어내야 하겠다는 생각인지 막무가내로 돈을 달라는 것이었다. 합의한 바에 따르면 나는 빌딩을 수리한 후 이를 팔아 세금을 내고 남는 돈이 있으면 목사에게 주어야 할 책임이 있었다. 그 사실을 잘 아는 처형이 빌딩을 담보로 금융을 일으킨 나에게 와서 돈을 달라고 하니 기가 막혔다.

  그 뻔뻔함은 세상 물정 모르고 순진하게 살아온 내가 극복할 수 있는 것이 아니었다. 이 무슨 되먹지 못한 경우라는 말인가. 우리를 곤경에 몰아넣은 것도 모자라 그 해결을 위해 여러 고통을 당하고 있는 나에게 와서 태연하게 돈을 요구하는 모습에 나는 그만 질렸다. 차라리 정말 우리 소유로 만들까 하는 생각이 들어가기 시작했다. 사기꾼 목사에 더하여 뻔뻔한 처형에 질린 것이다. 나는 다시는 그런 요구를 하지 말라며 그 돈을 해결해 주었다. 그 뒤로는 나타나지 않았다. 그런데 일이 점점 악화되어 갔다. 이번에는 세무서 직원이 와서 돈을 요구한 것이다. 환매를 했는데 무슨 양도세냐 하였더니 그 또한 별개의 매매행위로 보고 세금을 두 배로 부과할 수 있다며 협박한다. 그 말이 부당한 주장임을 잘 알고 있었지만 무소불위의 세무서가 할 처사에 대하여 예측 불허였던 나는 그저 조용히 이 일을 해결할 수밖에 없었다. 제일 문제는 밖으로 새어 나가는 소문이었다. 국회의원이 개입된 명의신탁과 세금탈루 등의 소문은 반드시 피해야 하는 사항이었다. 처형이 가져간 4천만 원으로 인해 수중에 돈이 한푼도 없던 나는 다시 신용금고에서 추가로 금융을 일으켜 세무서 문제를 해결해야 했다. 현찰로 준비하여 사당역 부근 다방에서 만나 3천5백만 원을 건냈다.

    드디어 내가 협박에 굴복하고 부적절한 타협을 한 것이었다. 이것저것 합하여 빌린 돈은 순간 사라졌다. 당시는 IMF 경제 상황이었다. 내가 금융을 일으킨 제2금융권의 이자는 19%였고 연체라도 할 시에는 30%가 넘는 이자가 발생하곤 하였다. 빌딩 입주자들로부터 월세는 들어오지 않고 빌딩 유지에는 계속 돈이 들어갔으니 나는 계속 자살골을 넣고 있는 셈이었다. 그러나 그렇게 하여 빌딩 건은 내 손을 더럽히고 일단락 되었다. 나는 나와 세무직원과 사이에 있었던 일을 어느 누구에게도 발설할 수가 없었다. 숙에게도 처형에게도 말할 수 없는 나만의 비밀이 되어야만 했던 것이다. 나 이외의 사람이 알면 반드시 소문이 나게 되어 있었기 때문이다. 나는 너무나 수치스러워 하늘을 볼 수가 없었다. 깨끗하게 살아온 내가 이제 그 부끄러운 일에도 발을 들여놓게 되었으니 나는 하루아침에 떳떳함을 잃고 죄인이라는 굴레 밑에 홀로 신음하게 된 것이다. 그런데도 일은 거기에서 끝나지 않았다. 처형이 돌아다니며 내 욕을 하고 다닌 것이다. 우연하게 내 대학원 동창생 부인과 처형이 같은 이대 교육대학원 동기였는데 그 여자에게 내가 자기 빌딩을 삼키고 그 벌로 망해서 양평으로 쫓겨 갔다고 했다는 것을 알게 되었다. 내가 양평 집으로 대학원 동기들을 동부인하여 초대한 일이 있었는데 그때 그 사실을 알게 되었다. 자기 빌딩을 먹은 벌을 받아서 다 망했기에 양평으로 이사온 줄 알았는데 와서 보니 푸른 잔디밭이 있는 뉴 잉글랜드 풍의 전원주택에 산다며 놀란 것이다.

그뿐 아니다. 내 동생과 우연히 지방에서 만난 처형이 동생에게도 내가 빌딩을 삼켰다며 나를 비난하더라면서 그런 일이 있었는지 물어왔다. 빌딩으로부터의 임대 수입은 잠시의 유동성에는 도움이 되었으나 이내 금융 이자로 다 들어갔고 입주자들의 연체로 인해 수입이 없는 달은 그대로 그 부담은 나에게 돌아오곤 했다. IMF 경제 치하에서 모두가 어려웠던 시절이라 연체자가 자주 그리고 지속적으로 발생했다. 빌딩을 팔아야 했으나 팔리지 않은 상태로 시간은 자꾸만 흘러갔고 내 고통은 점점 심해졌다.

그렇게 시간이 지나가던 중 구세주 같은 한 부인이 나타나 구매 의사를 표해 왔다. 서둘러 매매를 하고 임차인들의 보증금과 은행 대출금등을 제하고 나니 8억 정도가 손에 들어 왔다. 양도 소득세 6억5천만 원을 납부하고 나니 1억5천 정도가 손에 남는 것이었다. 이를 목사에게 줄까 말까 고민이 시작됐다. "그 목사는 악마야."하는 소리가 내 속에서 들려왔다. "돈을 주는 것은 악마에게 굴복하는 것이야." "아니! 그래도 내가 주겠다고 약속했는데 최소한 내 말을 지켜야지." "아니야! 그동안 빌딩으로 인해 얼마나 고통을 했어 이 돈은 네 고통에 대한 대가야." 내가 이런 갈등을 하던 어느날 생각지도 않던 주민세 고지서가 배달되어왔다. 열어보니 양도 소득세 10%에 해당하는 주민세였는데 양도 소득세에 부가 되는 주민세가 있는지 알지 못했던 나는 그저 헛웃음만 나왔다. 6천5백만 원을 주민세로 납부하고 나니 사실상 빌딩 처분에서 나온 돈은 모두 사라졌다. 환매에 따른 이전 비용이며 임차료를 한 푼도 안내고 버티던 인간을 내보내느라고 지불한 권리금이며 내가 대불한 보증금, 그리고 내 손을 더럽히며 세무직원에게 건넸던 돈, 처형이 반강제로 가져간 금액, 지불한 금융권 이자 등을 계산해보면 결과적으로 나의 손실이었던 것이다. 그동안 이자를 내느라 고통받던 순간들, 그리고 협박에 시달리던 일들이 스치고 지나간다. 목사의 얼굴도 그저 악마의 얼굴로 굳어졌다. 빌딩 건은 그렇게 고통의 기억만 남기고 매듭되었다. 공수래공수거였지만 그 끈질겼던 고통의 고리가 사라진 것에 나는 감사했다. 그렇게 그 일은 끝난 줄 알았다.

  하루는 은행 임원으로 있는 큰아들이 와서 하는 말이 처형의 아들이 자기를 찾아와 금융을 일으켜 달라며 곁들여 하는 말이 내가 자기네 빌딩을 먹었다고 했다면서 나에게 그런 일이 있었는가 묻는 것이었다. 큰아들은 그 얘기를 작은아들에게도 했던 모양이다. 몇 년이 지난 어느 날 잘못을 지적하는 나에게 작은아들이 대뜸 "아버지가 남의 빌딩을 삼킨 일은 괜찮구요?"하는 것이었다. 그 악연은 아직 끝난 것이 아니었던 것이다. 나는 그간의 사정을 글로 적어 아들에게 보냈다. 어느 누구에게도 하지 못했던 고통의 시간 이야기를 처음으로 털어놓은 것이다. 돌이켜 보면 악마들과 교섭한 것 그 자체가 죄악이었다. 악령의 그림자가 내가 모르는 사이에 깊게 우리 가족 속에 파고들고 있었다. 그 그림자의 시작이었던 처형이 세상을 떠났다. 이상 증세를 보여 길거리를 헤매던 처형이 아들에 의해 강제로 입원 조치 된 후 얼마 지나지 않아 세상을 떠난 것이다. 휴거를 이야기하며 세상의 종말이 곧 찾아올 것이라면서 종말론자 목사들에 빠져들어 문제를 일으켰던 처형은 그렇게 외치며 갔고 어머니의 얘기만 듣고 그 아들은 나를 증오하며 찾아다니고 있다.

49.

　대학생 시절 내가 다녔던 IVF라는 기독교 단체가 있었다. 숙도 그곳에서 만났다. 성경공부를 주로 하던 단체로 미국인 선교사들도 와 있어서 내가 그중 한 분을 초빙하여 대학 영어 성경 공부 반을 운영하기도 하였었다. 나는 그곳에서 숙을 만나 내가 다니던 교회로 숙을 오게 하여 같이 성가대의 일원이 되었었다. 그 시절 교류하던 친구 한 명이 있었다. 내가 그 모임에 안 나가고 군대를 가고 사회에 진출했을 때에도 몇 년에 한 번씩은 서로 연락이 있었다. 그 친구는 군 생활 중 부상을 당하여 의병 제대를 하고 생활을 위해 해외에 나갈 것을 기획하고 있었다. 마침 내가 아는 분이 중동에서 사업을 하고 있었는데 그분이 사람이 필요하다하여 그 친구를 소개해 주었고 그렇게 되어 그는 여러 해 해외 생활을 하게 되었다.
　여러 해가 지난 후 그는 돈을 벌어 귀국했다. 그는 그동안 번 돈을 친척 사업비로 빌려 주었다가 전부 떼이고 다시 빈털터리가 되었다. 나하고의 만남은 드물지만 몇 년에 한 번씩은 전화 통화를 하였다. 가끔 나에게 쌀과 콩 같이 시골 집에서 지은 농산물이라며 보내주었다. 그래서 나는 항상 고마워하였었는데 전화할 때마다 그는 숙의 안부를 물었다. 하루는 나에게 고백한다. 자기가 숙을 사랑하였었노라고. 나는 웃고 말았다. '그래서 그토록 오랜 세월 동안 끈질기게 우리에게 관심을 보였던 것이었구나.'생각하니 씁쓸하기도 하였다.

숙이 아파 제주도로 내려가 있는 중에도 가끔 농산물들을 보내더니 어느 날 위로금이라며 거금을 보내왔다. 주차장을 경영하며 직접 수금 요원이 되어 고생했었는데 모은 돈을 안쓰고 안쓰며 아껴 우리에게 보낸 것이다. 숙이 세상을 떠나고 나서 내가 연락하니 '왜 장례일정을 말 안해주었냐?'며 애통해 하더니 '묘소에 같이 가자.'고 성화였다. 아예 묘소를 아름답게 꾸밀 생각을 갖고 이런저런 제안을 해 오는 것이었다. "내 가족 묘지를 네 마음대로 꾸미겠다 이거지?"하며 면박을 주었더니 조용해졌다.

내가 제주를 떠나 오포에 정착을 한 후 어느 날 그와 같이 숙의 묘소에 갔다. 숙을 좋아했던 사람이기에 숙에게 데려다 주려는 뜻이었다. 나는 묘소에 있기가 싫어 빨리 떠나고 싶은데 그는 숙의 묘 앞에서 노래를 부르고 소리 높여 안타까움을 표하더니 묘소를 떠나려 하지 않았다. 사랑했던 이와 서로 달라진 운명을, 만날 수 없는 신세를 탄하며 그는 나의 존재를 무시하고 있었다. '예끼 이 녀석!'하며 그의 등을 떠밀며 돌아왔다.

오늘 다시 그를 만나러 가는 길이다. 어제 전화가 와서 만나자고 했었다. 오늘은 집으로 데리고 와서 내가 사는 모습을 보여 주며 둘이 같이 숙을 추모할 작정이다. 서현역에서 만나 집으로 데리고 왔다. 내가 호박죽을 끓이고 있는데 보니 그는 숙의 사진이 들어 있는 그림틀을 닦고 있었다. 참 애틋하구나 싶었다. 호박죽을 같이 먹고 나니 나에게는 없는 커피를 달라 하기에 차 한잔 하자며 동네 찻집으로 가서 커피를 주문해 마시게 하고 나는 생강차를 한 잔 마셨다. 다시 나와 찻집 앞에 있는 중대 물빛 공원 저수지를 산책하고 나서 전철역에 데려다 주었다.

그런데 그는 했던 이야기를 하고 또 하는 것이 치매 증상을 보이고 있었다. 기억력이 많이 나빠졌다고도 하였다. 살아 있는 미국에 계신 내 누님 이야기를 벌써 수십 번도 더 죽은 사람으로 추억하는 것이었다. 내가 매번 사실을 얘기하며 누님이 생존해 계신다고 환기해 주었는데도 역시 또 언제 돌아가셨냐고 묻는다. 아픈 것도 왜 숙을 닮아 가는 것이냐 말이다. 마치 싱크로나이즈 된 사이처럼 말이다.

50.

　　수안보 온천에 갔다. 수십 년 전 숙과 같이 이곳에 있던 이대 연수원에서 하룻밤을 지내며 문경새재를 오르던 그 수안보다. 고속도로들이 잘 연결되고 충주 - 수안보 I/C가 생겨서 집에서부터 한 시간 반 정도밖에 안 걸렸다. 다리 아랫부분이 자꾸 간지러워 며칠 전 병원에 갔더니 하지불안증후군이라며 뇌에서 도파민이라는 물질이 잘 생성이 안 되어 그렇다면서 파킨슨병에 먹는 약을 먹으라 처방해 주었었다. 약으로 신경 치료를 한다는 것이 어떤 결과를 가져오는지 숙의 경우를 옆에서 지켜보아 잘 아는 나는 도저히 그 약을 먹을 수가 없었다. 처방대로 그 약을 취침전 먹고 난 후, 숙은 잠을 이루지 못해 밤새도록 전전반측 하였고 아침에 먹이면 하루 종일 잠만 잤었다.

　　그 약을 내가 먹어야 한다고? 도저히 먹을 수 없어 대신 자주 걷고 더운물을 욕조에 받아 놓고 발을 담그기도 하고 있다. 오늘은 온천에 가보려는 것이다. 아무 온천장이나 제일 먼저 눈에 띄는 곳에 들어갔다. 새로이 개통된 ktx를 타고 왔냐며 수부의 담당자가 반긴다. 며칠 전 수서와 수안보를 잇는 열차가 개통되었다 하더니 사람들이 몰려온다는 것이다. 온천물에 몸을 담그고 또 담그고 몇 번인가 반복한 후 온천장을 나와 토속 음식점에서 간단한 식사를 한 후 이내 집으로 돌아왔다.

 CNN 뉴스를 틀었다. 온통 시리아 얘기다. 며칠 전 있었던 우리나라 비상계엄과 연이은 해제, 그 후 전개되는 정국의 모습은 하루로 끝났는지 국제 뉴스에서는 사라지고 러시아로 망명한 시리아의 독재자와 이슬람 국가를 세우겠다는 시리아 반군 이야기 뿐이다. 우리나라 정국의 변화에 내가 너무 불안을 느끼는지 그 사태가 생긴 이후에 나는 아예 우리 뉴스를 안 본다. 신문도 며칠째 그냥 받아 쌓아 놓고 있다. 책을 읽어도 머리에 들어오지 않고 그림을 그리려 해도 그려지지 않아 오늘 온천이라도 가볼까 하였던 것이다. 저녁이 되었다. 며칠째 먹고 있는 빵을 조금 더 먹고 난 후 책을 보려고 키진저의 『Diplomacy』를 꺼내어 조금 읽었다. 파워게임만이 존재하던 국제 사회에서 한 걸음 떨어져 있던 미국이 미국식 자유와 평화를 외치며 세계 대전에 뛰어들며 세계의 지도 국가가 되어가던 전개 과정 이야기를 읽고 있었지만 역시 머리가 어지러워 그만두고 TV를 트니 역시 시리아 이야기다.

 10시가 다 되어 수건을 물에 적셔 빨래 건조대에 널어놓고 잠자리에 들었다. 가습기가 고장이 나서 수리를 요청했더니 전국의 모든 가습기가 고장뿐인지 도무지 수리 날짜를 잡을 수 없어 하는 수 없이 잘 때마다 수건에 물을 적셔 걸어 놓고 자고 있는 것이다. 꿈을 꾼다. 숙과 같이 길을 가다가 쓰러져 있는 여인을 만나 집에 데리고 와서 우리가 돌보고 있었다. 어느 순간 여인이 토해 놓은 토사물을 숙이 치우려 하고 있길래 '내가 치울게'하며 내가 자리에서 일어나는데 갑자기 놀라운 사태를 맞는다. 그 병든 여인이 바로 링링이었던 것이다. 링링이 아픈가? 드디어 숙과 제2부인이 만난 것이다. 링링의 안부를 알아보아야 하나?

51.

　중국 항조우에 왔다. 오래전부터 오고 싶었으나 항공편 관계로 여의치 않아 오지 못하고 숙을 떠나 보내고 난 지금에야 혼자서 오게된 것이다. 천년도 더 전에 소동파가 노래하던 서호가 있고 천추의 충신, 악비 장군의 묘가 있는 이곳은 내 머릿속에 지워지지 않았던 그림자 같은 존재였다.
　여보! 오늘 당신도 잘 아는 송나라 악비 장군을 기리는 악왕묘에 갔어. 묘소도 있고 사당도 그리고 기념관이라하여 그의 일생을 기록해놓은 곳도 있었지. 천년 전 사람인데 나라가 아무리 바뀌어도 면면히 기림을 받아온 것은 그가 충성의 대명사였기 때문일 거야. 특히 그의 출신이 평민이었다는 점이 더욱 그를 추앙받게 했던 것 같아. 공산 주의자들의 모토에도 잘 들어 맞았을 터이고. 그래서인지 그 규모가 어마어마했어. 나라를 지키다 모함을 받아 죽음을 당한 악비 장군이 상징하는 '충성'이라는 두 글자는 어느 정권이든 지키고 선양해야 했던 도덕률이었겠지. 악비 사당을 나와 호변을 따라 걷는데 놀라움과 기쁨의 연속이었어. 당신과 같이 왔었다면 당신이 무척이나 좋아했을 터인데…. 글쎄 세상에! 기원전 월나라의 유적에서 나온 각종 칠기와 기타 유물들이 박물관에 전시되어 있었는데 그곳에서 黃蛇와 관련된 유물들을 보았어. 그런가 하면 백사와 관련된 탑도 있다고 해서 내일 가보려 해. 이들 모두 내가 찾아다니던 해양계 조상들의 발자취인 것이지.

한 곳에 가니 칠기들만 전시해놓은 곳이 있었는데 월나라 칠기부터 송나라를 거쳐 청에 이르기까지의 변천사를 볼 수 있게 해놓아 각가지 기법에서 내 그림에도 적용할 수 있을듯한 독특한 것들을 볼 수 있었지. 수양버들 가로수들이 노랗게 가을 색들을 띠고 있었는데 녹색 속에 섞여 간간히 보이는 노오란 요소들이 묘한 아름다움을 보여 주고 있었어. 그리다가 완성하지 못한 내 그림 속 가을 색으로 적용해볼까 해. 공산당 헌정기념관과 역사기록관도 있었는데 그들이 내세운 평등과 민주라는 대명제가 왜 당시 민중의 호응을 받는지 왜 절실했었는지 알 것 같았어. 모순을 자체적으로 개혁해 내지 못하면 혁명이라는 폭력이 수반된 변혁이 일어날 수밖에 없는 구조, 그것이 세상의 원리인가 보다. 그런데 그들이 그토록 주창해온 평등과 민주가 왜 대중을 압박하는 요소로 오늘날 작용하고 있는지? 그것은 모두 위에서 결정해서 밑으로 내려오는 의사 결정 체계 때문일 거야. 박물관에 들어가기 위해 여권 검사를 하는 그런 나라가 되어 있으니 한심하기도 했어. 아마 그래야만 하는 낮은 민도 때문일 거야.

 택시를 타고 호텔로 오는데 인도도 없는 차가 쌩쌩 달리는 대로 위에 내려주는 거야. 그래서 호텔 찾는데 한참 헤매였지. 호텔들이 영어 이름과 중국식 이름이 각각 있어서 영어 이름은 아무도 알아듣지 못해. 바로 옆 빌딩에서도 몰라.

52.

 대통령이 또 탄핵되었다. 숙이 살아 있을 때 박근혜 대통령의 탄핵 정국에서 그 탄핵을 막아보자며 광화문에 나가 탄핵 반대를 외치던 일이 생각난다. 그때는 숙과 같이였다. 당시 이미 출타하면 집을 찾지 못할 지경이었던 숙과 손을 잡고 거리에 나섰었다. 화장실 문제로 신경이 날카로와져 있기도 해서 오래 있지 못하고 화장실을 찾아 무리에서 빨리 빠져 나오곤 했었지. 혼자 되었으니 정치 집회에 나가는 것도 자유로울 것 같은데 이제 모든 것이 사필귀정이라 생각되고 시간이 지나면 해결되리라 생각되어 지켜만 보고 있다. 최소한 억지가 통하는 세상은 아닐 터이니 말이다. 그러나 온통 전쟁터가 되어버린 오늘날의 정치권 모습에서 위험을 느끼고 있는 것은 나만은 아닐 것이다.
 무안 공항에서 항공기 참사가 있어 170명이 넘는 희생자가 발생했다. 마치 무너질 듯 말 듯하던 댐이 터지는 느낌이다. 혁명의 기운이 돈다. 제도권이 흡수 못하면 국민들이 들고 일어나고 그러다 보면 피가 흐를 터인데 야당의 횡포가 극에 이르렀다. 병든 나라를 고쳐 보겠다고 나섰던 의사가 메스를 대었는데 미처 몰랐던 악성 암덩이가 온 몸으로 퍼져 있는 사실을 발견한 형국이다. 살릴려면 커다란 수술이 불가피하고 희생이 따를 터이다. 새벽에 숙의 꿈을 꾸었다. 무언가 걱정스런 얼굴을 하고 길 건너 서 있기에 오라고 부르는데 오질 못하고 있었다.

'여보! 여보!' 소리 내어 부르다 잠이 깨었다. 아무도 없었다.

53.

 같은 꿈을 두 번이나 꾸었다. 그것도 하룻밤에. 꿈을 꾸며 "여보 배고파?"하고 물었다. "응."하고 대답한다. 배가 고팠을 것이다. 생의 마지막 부분에서 숙은 입으로 밥을 넘기지 못했다. 그 생각을 하면 아직도 눈물이 나온다. 그래서 목줄로 넘겨주는 영양식 말고는 거의 먹지를 못했다. 물도 자주 줄 수가 없었다. 당시 옆에서 지켜보는 사람의 아픔이 기억으로 남아 꿈에 다시 나타나고 있는 것이다.

 지금 먹지도 자지도 못하면서 거리에 나가 궁지에 몰린 대통령을 지키자 하는 사람들, 또 다른 한편에서는 이 기회에 대통령을 아주 끌어 내리자며 관저에 경찰 병력을 투입하여 체포하자는 그룹이 있어 이들 역시 거리를 메우고 있다. 사람들은 이제 어떠한 이야기도 현 시국 관련이면 들으려 하지 않는다. 돌아가는 모습이 우리가 알아 온 찬란한 대한민국의 모습이 아니고 시궁창 냄새가 나는 너무나 창피한 모습이기 때문이다. 숨겨져 왔던 우리의 어두운 면이 모두 모두 백일하에 들어나고 있는 것이다.

  지금 정국이 마치 숙의 마지막 모습 같다. 이러다가는 둘중 하나가 반드시 사회에서 사라질 것이다. 근래 읽고 있는 책 한 권이 있는데 그 책 제목이 『누구도 죽지 않는다』 인간에게 죽음이라는 것은 아예 없다는 주장을 하고 있는 것이다. 우리가 아는 죽음은 껍질이 깨지는 것과 같으며 그 알맹이인 생명은 영원하다는 주장이다. 지금 사회가 껍질이 깨지려 하고 있다. 새로이 태어나야 한다. 철저히 환골탈퇴되어. 헌법도 바꾸어 국회의원의 특권을 없애고 입법 사법 행정이 좀더 균형있게 다시 모습을 갖추어야 한다. 사회야말로 영속되는 것이 아닌가. 낡은 껍질은 그때그때 깨어버리고 다시 태어나며 '부활' 또 '부활'하는 것이리라.

54.

꿈을 꾸었다. 숙이 웬일인지 '빨간색으로 머리를 염색하겠다.'며 나에게 동의를 구하기에 "좋아! 멋있을 것 같은데."고 하였더니 기뻐하며 부드럽게 안겨온다. 한참을 그렇게 안고 있었다. 향긋하다. "여보! 참 좋다! 잘 있었어?"하며 꼬옥 안고 있었는데 어느 사이에 숙은 나에게서 점점 멀리 떨어져 나간다. 멀리서도 반투명한 옷 속으로 은은한 살결이 비쳐 나오는 것이 참으로 따스하면서도 아련하다. 그렇게 아름다울 수가 없었다.

영상이 너무나 선명하여 잠에서 깨어 그 상황을 서둘러 기록한다. 그 은은함을 그림으로 그려보고 싶다. 생시에는 한 번도 염색이라는 것은 시도조차 해본 적이 없던 숙이 사실은 이런저런 일들을 해보고 싶었었나? 그냥 있는 그대로가 제일 좋다며 내가 숙의 변화를 싫어해서 새로운 시도를 해보지 않았던 것인가? 왜 자유롭게 행동하도록 하지 못했을까?

55.

 2월 14일은 숙의 생일날. 생일날을 어떻게 보내야 뜻있게 보낼까 생각하다가 55년 전 신혼여행지, 속리산이 생각났다. 결혼 50주년 때 가보려고 계획하였다가 코로나 바이러스로 인한 팬데믹으로 여행을 할 수 없게 되어 뜻을 이루지 못했었다. 그 후 숙의 상태가 점점 악화되어 갔기에 제주도로 주거 옮기기가 더 절박하여 속리산 방문 계획은 포기되었었다. 이제 5년이 더 지나서 결혼 55년째다.
 '혼자서라도 속리산으로 가보자! 아니! 숙과 대화하며 같이 가자.' 현장에서 '여보! 여기 우리 신혼여행지에 왔어. 어서 봐!'하고 얘기해주자. 그리고는 추억에 잠겨 보자. 소박하고 자연에 싸여 있던 속리산과 법주사 앞을 흐르는 개천 속 놓여 있던 거대한 바위도 머릿속에 그리며 우리가 예전에 들었던 속리산 관광호텔을 찾아 예약하려 하였으나 관광호텔은 없어지고 속리산 호텔이라는 곳이 있어 같은 곳이려니 싶어 그곳으로 예약했다. 숙박비가 너무 싸다. 이상하다 싶었다. 당시 속리산 호텔은 그 지역에서 제일 좋은 숙소였었는데 어찌 된 것이지? 이상한 생각이 들었으나 속리산이라는 이름을 가지고 있는 다른 호텔은 없었기에 그곳으로 예약했다.

　나중에 현장에서 알게 되었지만 속리산 법주사 앞은 온통 시장터 같이 되어 있었고 호텔은 우리가 머물던 그곳이 맞았으나 호젓하던 주변에 온통 건물들이 들어서서 번잡한 시가지가 되어 있었다. 법주사 들어가는 오리나무 길에는 커다란 불보 박물관이 들어서 있어 역시 번잡함을 주고 있었다. 법주사로 이어지는 그 호젓했던 길은 눈이 와서 질퍽질퍽하거나 미끄러워 조심하느라 옛 생각에 잠길 수가 없었다. 법주사 입구 개천 속에 있던 바위는 그대로 있었으나, 법주사도 온통 번잡해져 있었다. 여기저기 돈 벌려는 욕심만이 그득했다. 수많은 세월을 지켜온 팔상전은 낙후되어 곧 쓸어질 것 같은데도 칠도 칠하지 않아 보기가 민망할 정도였는데 새로 세운 수십 미터 높이의 관음보살상은 금빛으로 반짝이고 있었다. 한마디씩 불법을 옮겨 놓았을 현판들을 읽고 싶었으나 흘려 쓴 해서체의 글씨를 읽을 수가 없어 종무소에 가서 혹시 그 내용을 알 수 있는 무슨 자료가 없는가 물었더니 "실장님이 휴가 중"이라며 알 수 없다 하여 그냥 빈손으로 돌아올 수밖에 없었다. 법주사에서 나오며 뒤돌아보니 산들은 옛 모습 그대로였다. 산천은 의구하다더니 변함없이 반기는 존재는 자연뿐이었다. 산으로 올라가볼까 하다가 눈 때문에 질퍽거리는 길을 걸을 용기가 없어 그냥 내려와 호텔 예약을 취소하고 떠나왔다. 여보! 역시 당신이 없으니 안 되네. 우리의 신혼여행지가 이제는 더 이상 오지 말라 하네.

　세속화된 법주사보다는 속리산 가기 전 방문했던 청도의 운문사가 더욱 정갈하고 기도 도량 같았다. 신라 진흥왕 때 창건되었다는 운문사 길 역시 눈이 내려 질퍽거렸지만 나를 잡아 끄는 깊은 울림이 있었다. 마치 '이곳이 네가 있을 곳이다.'라며 말하는 듯 사찰은 나를 부르고 있어 떠나기가 머뭇거려 질 정도였다. 그곳은 기도 도량이었다. 집을 나섰던 김에 숙의 생전에 가보지 못했던 밀양을 가보자 생각했다. 숙 생전에 몇 번인가 가려다가 도로 연결 상태가 원활치 못해 가지 못했던 밀양인데 이제 세월이 지나 고속도로들이 연결되어 있었다. 그래! 밀양에 가서 숙에게 영남루를 보여 주자! 밀양에는 사명대사 생가가 있고 그의 사당이 모셔진 표충사, 그의 사적을 기념하여 세운 표충비 등이 있으니 차제에 위기의 나라를 구한 대사께 예도 표하자. 영남루는 웅혼했다. 대들보의 꿈틀거림이 장엄하기까지 했다. 진군 북소리 울리는 듯 새로운 개척지를 찾아 무한히 나아가는 기상이 느껴지는 곳이었다.

　영남루 바로 맞은편에 천진궁이라는 마치 도교 사원 이름 같은 사당이 하나 있었다. 그곳은 단군을 비롯한 역대 왕조의 창시자들을 모시는 곳이었다. 다른 한편에는 밀양 아리랑을 기리는 기념비도 서 있어서 우리가 찾지 못하는 고대 역사의 한 비밀의 문이 있는 듯했다. 왜 밀양에 이처럼 단군을 위시한 개척자들을 모시는 사당이 있으며 아리랑 역시 꽃을 피웠을까? 분명 연원이 있을 것인데. 혹시 고대에 고조선을 세운 주된 세력들이 흘러 흘러 이곳에 주둔하지 아니 하였을까? 아리랑을 부르던 세력의 정체는 무엇일까? 무언가 핵심에 가까이 온 듯한데…. 앞으로 연구 과제다. 천진궁 입구에서 밟히는 돌들에 아름다운 무늬들이 있었다. 나중에 보니 여기저기 돌들에 새겨진 문양들이 더 많이 있었는데 마치 디자이너가 공들여 그려 넣은 듯하였다. 화산 활동의 결과인가? 스케치북을 꺼내 몇 개의 문양들을 모사했다. 참 대단한 문양이다. 숙이 있었더라면 얼마나 좋아하였을까!

"여보! 이 대단한 문양들 좀 봐!"

56.

    대통령 탄핵 사태에 찬반을 주장하며 많은 사람들이 꼬리를 물고 걷고 있는 광화문 일대를 돌았다. 부당한 것에 대한 항의이겠지만 어쩌면 같은 사안을 놓고도 그리도 다르다는 말인가. 발 디딜 틈도 없이 모여든 인파를 뚫고 다니며 그들의 숨소리를 들었다. 뛰는 피의 소리를 들었다. 집에 들어올 때쯤 되니 허리가 아파온다. 너무 오래 서 있었나 보다. 집에 와서 누었다. 바로 잠이 들었고 새벽이 되었다.

    잠에서 깨어나니 갑자기 생각이 난다. 숙의 일주기가 다가오니 추모 행사를 해야 하겠다. 4월 15일까지 한 달여가 남았다. 마침 이달, 3월 말에 시집이 나오고 추모의 정이 담긴 그림도 여러 점 완성되어 있으니 시낭송회와 그림전시회에 황의종의 음악을 곁들여 양평에서 하자. 이렇게 결론 짓고 친지들에게도 일단 대략의 계획을 알렸다. 양평은 우리가 어려웠던 시절 얼싸안고 살았던 곳이며 나의 글쓰기가 시작된 곳이기도 하다.

장소를 물색하기 시작했다. 양평도 내가 살던 때와는 많이 달라져 있기에 답사를 나갔다. 내가 자주 가던 힐 하우스 앞에 이함 캠퍼스라는 미술관이 있었다. 마침 폴란드 포스터 작품 전시가 이루어지고 있기에 그 전시도 볼 겸하여 들어갔다. 건물 6동에 걸친 전시가 놀라움을 주고 있었다. 커다란 버드나무가 삼각형의 건물 앞에 무덤덤하게 서 있는 장소가 있었다. 설계도에는 연회장으로 나오기에 유난히 관심이 있어 자세히 살펴보았다. 아직 봄이 오지 않아 버드나무가 무미건조해 보이지만 만일 잎이 나고 저녁 햇살이 그 가지 사이로 비쳐든다면 대단히 아름다울 것 같다는 생각이 들었다. 바로 옆에는 오리들이 한가로이 노닐고 있는 작은 연못이 있어 전체적으로 한 폭의 그림이었다. 잘 지은 카페 건물도 있었다. 이곳에서 추모 행사를 하자 이렇게 마음먹고 관계자 접촉을 시작했다. 여러 차례 방문하여 현장 실사를 하고 협의를 하고 난 후 계약에 이르렀다.

내 그림을 전시하고 음악 연주도 있고 거기에 맞춰 시를 낭송하는 장면이 떠 올랐다. 그렇게 하자 생각하니 황의종의 조카 생각이 났다. 해금연주자인데 작년 황의종의 장례식장에서 나와 그를 연결해 주었던 노래, 〈아름다운 인생길〉을 연주하며 내게 왜 이 노래에 내가 빠져 들었는가를 알려 준 연주자다. 그 연주자를 모시자. 이렇게 생각한 나는 황의종 교수의 부인에게 조카와 연결을 부탁했고 이내 충주 우륵 국악단원인 그와 연결이 이루어졌다.

여러 차례 협의 끝에 연주자는 대금과 신디사이저가 추가되어 세 명으로 늘어났고 연주곡은 모두 황의종의 곡으로 정해졌다. 시낭송 내내 반주는 계속되고 〈아름다운 인생길〉로 시작해서 〈그리움〉, 〈모란이 피기까지는〉, 그리고 〈내 마음 아실이〉가 중간중간 완주되고 마지막에 다시 아름다운 인생길을 연주하며 이에 맞춰 내가 노래를 하는 형식으로 정해졌다. 낭송에 맞는 반주음악으로는 〈하얀 이별〉, 〈님의 침묵〉, 〈진달래꽃〉, 〈억새풀〉이 선정되었다. 모두 내가 좋아하던 곡들이며 숙정과 자주 듣고 부르던 곡들이다. 시는 숙이 떠나던 날과 그 직후를 중심으로 내가 써내려갔던 아픔의 기록들을 골랐다.

  우여곡절 끝에 시간은 계속 흘러 시낭송회 날짜가 가까이 다가왔다. 양평에 사시는 친지분들, 문우회 분들 그리고 학교 친구들 중에서 문학이나 음악에 관심이 있는 분들을 대상으로 40명 인원을 확정해서 초청했는데 막판에 약간의 변수가 생겨 몇 분이 추가되었다. 초청 인사들 가운데 몇 분은 내가 피데스라는 동창들 문예지에 올린 황의종과의 교유기를 읽고 황 교수의 음악을 유튜브에서 찾아 들은 분들도 계셨고 평소 나의 시와 작품들에 공감해온 분들이 대종을 이루고 있었다. 시 낭송 연습을 매일 하고 있다. 읽을 때마다 눈물이 난다. 이래서는 낭송일 당일도 울겠다 싶어 걱정이 된다. 많이 여러 번 연습하면 극복이 되겠지 싶었으나 날이 가까와 오는데도, 연습 횟수가 무한 반복되는데도 그때마다 어김없이 눈물이 나온다.

〈아름다운 인생길〉의 노래 연습도 하였다. 유투브를 통해 자주 듣고 따라서 연습하는데 음계와 음의 장단을 잘 모르겠다. 연주자와 상의 하였더니 곡을 보내주어 보면서 연습했다. 가사를 자꾸 잊는다. 하고 또 하고, 산책 중에도, 산에 가서도, 집에서도 틈만 나면 연습을 하고 하다 보니 머리에 심한 통증이 느껴진다. 안 쓰던 뇌의 부위를 써서 생기는 현상인가 보다. 마치 안 쓰던 근육을 쓰면 새로운 근육이 생기며 느껴지는 통증같이 이 아픔 뒤에는 뇌도 낭송 환경에 맞게 작동하겠지 싶었다. 당일 리허설을 하는데 또 눈물이 나온다. 어쩔 수 없다. 이제 자연에 맡기자 생각했다. 본 무대가 시작되었다. 〈아름다운 인생길〉이 연주되고 나의 낭송 차례가 되었다. 「새 한마리 날아 오르다」를 낭송하기 시작했다. "새 한 마리 날아 올랐다 이곳에서 저곳으로" 하는데 눈물이 쏟아져 나온다. 잠시 멈추었다 다시 이어갔다. 반주는 〈하얀 이별〉 곡이었다. 동시에 내 그림, '이곳에서 저곳으로'가 스크린에 투사되고 있었다.

'눈동자'를 낭송할 때 숙의 그 맑았던 눈동자가 눈에 보였다. 투명하게 한없이 맑았던 그 눈동자! 그것은 정말로 순수한 정수, 바로 그것이었다. 아무런 욕심도 아무런 미련도 없이 다 버리고 모든 고통을 안으로 갈무리한 이의 정화된 눈! 하늘의 모습, 바로 그것이었다. 낭송회 중 계속 황의종의 곡들이 연주되었는데

〈그리움〉, 〈모란이 피기까지는〉, 〈내 마음 아실이〉가 연주되고 마지막에 또다시 〈아름다운 인생길〉이 연주되며 내가 노래를 하였다. 낭송 반주곡으로는 〈하얀 별〉, 〈님의 침묵〉, 〈진달래꽃〉, 〈억새풀〉이 연속으로 이어졌으며 내 그림, '이곳에서 저곳으로', '슬픔은 강이되어', '슬픔의 바다', '그림 하나', '영실 그림', '슬픔의 빛, 파도'가 순서대로 스크린에 투사 되었다. 지금 하나하나 적다 보니 슬픔이 너무 직설적으로 표현된 낭송회였던 것 같아 조금 계면쩍다. 낭송회가 끝난 후 며칠째 숙의 눈동자가 남겨주고 간 그 하늘을 그리려고 노력하고 있었지만 아직은 미지수의 그림이 되어 가고 있다. 낭송회의 끝은 친구가 특별 출연한 노래였는데 슈만이 부인인 클라라한테 바친 연가였다. 나중에 안 사실이지만 내 시 낭송이 분위기를 숙연하게 만들었었던 모양인데 그 친구의 이 노래로 보다 밝게 웃으며 마무리할 수 있었다는 것이다.

낭송회에 참여하셨던 선배 한 분이 감상문을 카톡방에 올리셨다.

"어제 양평 이함 캠퍼스에서 개최된 김영수 문우님의 '기억하는 이들에게만 들리는 사랑의 기록' 「새 한 마리 날아 오르다」 시 & 음악 문화 행사에 참석하여 '오직 사랑으로 섬기던 허허로움'이 '성스러움'으로 치유 승화되는 곡진한 현장을 마주하고 '흐르는 눈물 내 지우지' 못하고 우두커니만 앉아 있다가 돌아왔습니다. 요컨대

따로 드릴 말씀이 마땅치가 않은 터에 뜨거운 그 무엇을 안으로 삼켜야 하는 깊은 감동의 시간이었습니다."

"성스러움으로 치유 승화되는"이라는 표현은 아마도 '없는 가시가 나를 쿡쿡 찌릅니다'라는 다음의 시를 두고 하신 말씀이리라 생각된다.

절로 눈물이 흐릅니다 주르륵 주르륵
끝모를 깊이를 그려낸 그림 한 점 앞에서
창작의 고통을, 창조주의 고뇌를 보았습니다.
가시 면류관의 가시들이 합창하듯 나를 찾는 것을
그 아픔 하나하나가 나를 부르는 것을 느꼈습니다
하나하나 자세히 보면 그림에는 가시가 없었는데
없는 가시가 나를 쿡쿡 찌르고 있었습니다
성스러움이 무한히 나를 깊이깊이 에워싸며
품 안에 안아들이고 있었습니다
마지막으로 마지막으로 너를 찾는다 하셨습니다
나는 이제 다 벗으려 합니다
고통도 사랑도 고뇌도 유한도 무한도
오래도록 찾던 당신의 모습을 보았기 때문입니다

교황 프란시스코가 운명했다. TV에서는 벌써 몇 시간째 그의 장례식이 중계되고 있었다. 장례식에 모인 추기경과 주교들이 얼마나 많은지 구름 같아 놀랐다. 이 지구상에는 간절한 소망을 갖고 신의 손길을 기다리는 사람들이 많이 있다는 증좌이리라. 오늘보다 좋아지는 내일에 대한 개인적 열망, 국가의 미래에 대한 국민적 갈망에 더해 인간 그 자체에 대한 궁극적 승화를 기도하는 많은 진지한 사람들이 이 지구를 만들어 가고 있는 것이다.

57.

　꿈을 꾼다. 숙이 나를 자꾸 피하는 것 같다. 그래서 "여보! 내가 싫어?"라 물었다. 그랬더니 얼굴에 그늘진 미소가 떠 오르며 "아니!" 한다. 그러더니 돌연 "우리 모로코에 가자."고 한다. 내가 "그래 가자."고 했다. 그랬더니 숙의 얼굴이 풀어진다. 모로코! 여러 해 전 스페인의 남부 지브롤털을 거쳐 아지즈에 갔을 때 해협만 건너면 모로코인데 갈까 말까 하다가 가지 못했던 일이 생각난다. 그때 가고 싶었던 모양인가?

　요사이에는 아파트 단지 내에 한 곳, 낙원을 연상케 하는 곳이 있어 그곳에 앉아 시간을 보내며 이 생각 저 생각을 하는 경우가 많아졌다. 동남아의 밀림지대를 옮겨놓은 듯한 깊은 숲에서 새들이 맑게 재잘거리는 소리가 끊이지 않고 들려온다. 겨울 동안 훤히 속살을 보여주던 숲이 이제는 비집고 들어갈 틈도 없을 만큼 녹음으로 가득하다. 나비들이 쌍을 이루며 날아다니면서 짝짓기에도 꿀 따기에도 열심이고 까치들도 참새들도 무엇인가에 바쁘다.

딱다구리의 나무 쪼는 소리도 아련하게 들려온다. 보고만 있고 듣고만 있어도 생의 기쁨이 느껴진다. 평화로운 미소가 피어오른다. 어디도 가고 싶지가 않다. 그런데 왜 갑자기 모로코 생각이 났을까? 내 생각인가 아니면 아무 곳도 가지 않으려 하는 나를 보고 멈추어 있지 말고 떨치고 일어나라고 격려하는 숙의 마음이 전해진 것일까?

'그래 모로코에 가자. 가서 숙에게 모로코의 색과 향기를 보여주고 흡입하게 하자. 그런데 무슨 돈으로 가나?' 돈이 없었다. 절약해서 모아야 하는데 쓸 일들이 자꾸 생긴다. 근래 그림이 잘 그려지지 않고 무언가 창작적 감각이 사라지고 있는 듯해서 예술의 섬, 제주에 다녀오려고 예약들을 해두었는데 제주로는 충분치 않은 것일까? 내일 제주에 간다. 가서 한라산에 오르며 눈앞에 전개되는 제주 오름들의 신묘함 속에서 창조의 실마리를 찾아보고 싶다. 화실 친구들과도 만날 약속이 되어 있다. 만나서 한바탕 웃고 나면 흩어진 내 예술혼이 다시 살아나려나? 모로코는 그다음이다. 천천히 생각해 보자. 멀리 가기에는 주머니가 너무 비어 있고 처리해야 할 일도 산적해 있다. 그러나 어느날 신문에서 보아 스크랩해 두었던 모로코 염색 작업장의 진한 원색들이 자꾸 눈앞에 어른거린다.

58.

　제주에 내려 왔다. 공항에서 차를 운전해 서귀포로 오는데 당초에는 1100도로로 오려고 했으나 처음 공항 부근부터 어긋났다. 무언가 길이 내 예상을 벗어난 것이다. 그래서 이번에는 서부 산업도로로 접어 들었다. 또다시 중문방향과 중산간 도로 갈림길에서 길을 잘못들어 중문 쪽으로 나아가게 되었다. 중간에 중산간 도로를 발견하고 들어섰다가 이번엔 반대 방향인 제주 쪽으로 가고 있는 나를 발견하고 웃었다. 1년 사이에 이렇게 낯선 곳이 되어버리다니…. 이상할 정도로 생소하다. 그렇게 좋아하던 중산간 도로의 가로수들도 낯설기만 하다. 참 이상하다.
　숙소로 정한 60 beans에 왔다. 카페에서는 마침 벼룩시장이 열리고 있었다. 그중 한 곳에서 디지털 그림으로 사람들을 그려 주는 이가 있었다. 선전용으로 앞에 내어놓은 그림을 보니 부부를 그렸는데 돌연 숙과 나의 모습을 그려보고 싶은 생각이 난다. 그래서 물었다. 나는 여기 있으니 보고 그리시고 내 옆에 상상으로 여인을 한 명 그려 넣어달라 하니 상상으로는 그리기 어렵다 한다. 그래 생각해 보니 숙의 사진이 하나 있었다. 보여 주며 부부의 모습으로 그려 달라 하였다. 좋다 한번 해보겠다 하더니 한참 후 숙을 다시금 내 옆에 살려내 보여주었다. 없어진 사람을 살려 정겨운 부부 모습을 그려낸 것이다. 부활시킨 것이다. 새들이 우짖는다. 바다가 소리를 낸다. 바람도 일어난다. 태양이 웃는다.

다음날 이른 아침 올레길 7길에 나섰다. 이내 오르막이 나타난다. 이 오르막 밑에서 멍하니 위만 바라보고 서서 움직이지 못하던 숙의 모습이 떠오른다. 상태가 좋을 때는 한 층계 한 층계 오르며 스스로 자랑스러운지 맑게 웃곤 하였는데 어느 날부터인가 갑자기 층계만 만나면 망연자실하던 숙이었다. "여보! 다시 이곳에 왔어. 내가 다시금 당신이 걸으려던 곳을 걷고 있어." 고통이 느껴진다. "당신이 느끼던 고통이 내 몸에 남아 있나 봐!" 파도 소리가 잔잔히 들린다. 말소리가 들린다. 숙이 하는 조용한 말 소리가.

"여보 고마웠어!"

59.

　이른 아침 숙소를 나서서 영실로 향했다. 1,100도로 방향 오르막길로 접어 들었다. 서귀포 휴양림 옆을 지나는데 잔잔한 향기가 느껴진다. 주도로에서 영실 길로 접어 들었다. 터널을 이룬 나무들이 원시림을 연상케 하는데 곳곳에 하늘을 향해 하얗게 꽃을 들어내고 있는 산딸 나무들이 전개되는 화폭에 흥미를 더하게 하고 있었다. 참 재미있다. 꽃을 하늘을 향해 피울 생각을 어떻게 했을까? 반대로 땅을 향해 매달리듯 한 떼죽 나무도 있으니 사물은 그들 자체로 흥미롭다. 살아 남기 위한 치열함이 만든 현상이리라. 나는 지금 무엇을 하고 있나.
　짝을 찾는 두견새 소리가 아련하게 들린다. 멀리서 가까이에서 간절하게 서로를 부르고 있다. 봄이 다 지나가기 전에 짝을 이루려는 것이겠지. 그러려면 서둘러야 하고 그만큼 더 간절하겠지. 등산로 입구에 왔다. 사람들도 모두 짝을 이루고 있다. 짝이 없으면 안 되나 보다. 그러다 보니 혼자 가는 내가 더 당당하게 느껴진다. 마치 일반 법칙을 벗어난 초인 같다.

산을 오른다. 계곡도 지나고 거목들의 숲도 지나고 좁은 오르막 길을 따라 한참을 오니 드디어 오백 장군 상들이 보이는 곳에 도달했다. 지난번에는 느끼지 못했는데 오백 장군상들이 줄지어 서 있는 바위 능선 밑으로 깊고 큰 골짜기가 형성되어 있었다. 화산이라도 폭발했던 화구였나? 골짜기에 이어 멀리 멀리 광야가 펼쳐지고 중간중간에 오름들이 솟아 올라 있다. 마치 별 세계를 보는 듯 하다. 그 광야 저 밑으로 사람들의 말소리가 잦아져 간다. 마치 멀어지는 두견새 소리처럼.

중간중간에 붉은 색들이 보인다. 철쭉이다. 나도 몰래 "아니! 철쭉이."하며 소리 내었더니 옆을 스치던 등반객이 "한라산은 지금이 철쭉 철입니다."하며 끼어든다. 생각해 보니 작년 내가 숙의 장례를 치르고 영실에 홀로 왔을 때도 철쭉이 한창이었던 생각이 난다. 그때는 4월이었는데? 4월에 피어난 철쭉이 6월까지 계속 피어난다는 것이니 개화 기간이 길기도 하다. 조금 더 오르니 본격적인 철쭉의 세계가 펼쳐진다. 막혔던 가슴속 경계가 트이고 한없이 맑은 천상의 세계가 눈앞에 펼쳐진다. 감히 소리를 낼 수도 없다. 그저 망연히 망연히 쳐다볼 뿐이다. 윗세오름이 가까워 지는데 올려다보이는 부드러운 능선 한곳 전체가 신묘한 붉은 빛으로 어른거린다. 혼자 보기가 너무나 아까워 사진을 몇 장 찍어 가까운 분들게 카톡으로 보냈더니 이내 "우아!" 하고 답이 온다. 이 정도 되면 친지들과 같이 등반하고 있는 것이다.

외롭지 않다. 처에게 보낼 수 없음은 작년에 경험해서인지 이제는 아예 보낼 생각도 않고 있는 나를 발견한다. 혼자서 되뇌인다. "여보! 나 또 왔어. 일년 동안 내 심상이 어떻게 변했는지 알고 싶어 다시 찾아왔지. 이젠 슬프지 않네. 하늘 전체에 당신 얼굴이 그려져 있네! 잠시 슬픔이 찾아오는 듯하여 머리를 흔든다. 조용히 웃는다. 미소 지으며 오른다. 작년에는 오르지 못했던 윗세오름 지역으로. 그곳에도 철쭉은 계속 이어지고 있었다. 고산 지대에 피어나는 철쭉이라 그런지 색이 더 아련하게 느껴진다. 이내 불꽃을 닮아 왕관 장식같이 느껴지던 한라산 분화구의 남쪽 모습이 가까이에서 확연하게 보이기 시작한다. 파이고 돋아나고 한 부분들이 분명히 보인다. 작년에는 멀리서 보아서 그랬는지 돋아나온 부분만 인상에 남아 있었는데 오늘 보니 깊이 파인 어두운 부분이 칼로 조각한 듯 분명히 보인다.

용암이 만든 불꽃이니 분명 파인 부분이 있었을 터인데 작년에는 왜 튀어나온 부분만 보였을까? 본 것, 기억하는 것 이것들이 반드시 전모와 부합되는 기억이 아님을 느낀다. 숙의 아픈 부분을 나는 모르고 지난 것이 아닐까? 말 한마디 못하던 숙의 마지막 몇 년의 모습이 떠오른다. 이어서 미소 짓던 모습도. 그래! 미소 짓던 모습은 참 아름다웠지. 깊고 깊은 호수 같았어! 아니, 이 윗세오름의 왕관을 닮은 모습이었어. 그것은 염화 시중의 미소 바로 그것이었지. 아니! 그것은 아픔이 만들어 내는 인내의 미소였어. 내려오는 길은 미소의 길이었다. 말 없는 미소, 그것.

60.

　인사동 갤러리 은에서 전시회가 열리고 있었다. 나의 개인전이다. 벌써 사흘 째이다. 여느 날처럼 나는 갤러리에 출근해서 관람객들을 맞는다. 오후가 되어 관람객들 숫자가 많아졌다. 한 관람객이 내 작품, 시작점과의 대화 앞에서 한참을 서 있었다. 왠지 친숙한 뒷모습이어서 이상하다 생각하고 있는데 돌아선다. '혹시 링링?' 돌아서는 자태가 최근에 그녀의 블로그에서 본 모습 그대로 고아하다. 그녀 역시 나를 발견하고 멈칫하는 것 같았다. 가슴이 뛴다. 시간이 갑자기 멈춘 것 같았다. 쳐다만 볼 뿐, 서로 어찌하지 못한다. 무거워진 다리를 끌고 천천히 다가간다. 조심스레 악수를 청한다. 그녀가 미소 짓는다. 분명 링링이다. 조용히 말을 건넨다.

　만하탄의 성 패트릭 성당에서 촛불에 불 붙이며 '오래오래 같이 있게 해달라.'고 소원을 빌던 그녀, 타이페이의 한 도교 사원에서도 한 묶음 향불을 피우며 둘만을 위해 기원하던 그녀가 지금 내 눈앞에 있는 것이다. 그녀의 눈에 눈물이 맺힌다. 내 눈에서도 눈물이 흐른다. 손을 잡은 채 서로 아무 말도 못한다. 꼭 껴 안았다.
"잘 왔어요."

우리는 남한 강변을 달리고 있었다. 40년 전 갔던 길을 또다시 더듬어 가고 있는 것이다. 양평으로 이어지는 팔당호반의 길을 달린다. 손을 꼭 잡고. 반 바지 밖으로 노출된 링링의 다리 위에 손을 얹고 텍사스 옆 오크라호마에 갔던 일을 회상하며 가고 있었다. 삭막하기만 했던 오크라호마에서 나는 처음으로 그녀의 다리에 손을 올려 놓았었다. 무언가 터질 것만 같았던 메마른 오크라호마의 극단적인 경관이 온 천지에 외롭게 격리된 두 사람을 서로 끌어당기게 했었는지 그날 이후로 우리는 친구가 되었었다. 새 한 마리 없이 삭막만 하던 오크라호마의 경관이 팔당호반의 따사로운 초록색 경관과 겹쳐지며 화면 안에 물새들이 날아든다. 우리는 꼭 손을 잡고 있었다. 링링은 격동하고 있었다. 내 손을 잡아 자기의 가슴 위에 올린다. 가슴이 뛰는 것을 느껴보라고 했다. 위험이 느껴질 정도로 격동하고 있음이 느껴진다. 나는 그녀를 안았다. 그러면서 미안하다고 했다. 아니 오늘 같은 날을 기다렸다고 했다.

그녀는 내가 지난 세월 보낸 책들을 여러 차례 받았다고 했다. 우리말로 쓰여져 있어 읽기 위해 틈나는 대로 한글 공부를 했다고도 했다. 그래도 시집들을 읽으면 무언가 아쉽기만 하고 뜻을 잘 모르겠는 것이 슬프기만 했다고 했다. 그래서 혹시나 만날가하여 여러 차례 한국에 왔다가 갔다는 것이다. 그러면서도 연락을 할 수가 없었단다. 나 역시 여러 차례 타이페이에 갔었음을 고백한다. 그러면서도 우연의 만남에만 기대어 유명 인사인 그녀에게 폐가 될까봐 연락할 수 없던 순간들이 있었음을 이야기했다. 수 없이 이메일을 작성했다가 지우기만 했던 순간들이 있었음도 이야기했다. 잡은 손에서 따스하게 열기가 전해진다. 그동안 태우지 못했던 사랑의 열기가 지금 타오르고 있는 것이다.

 연꽃들이 가득한 호수 지대를 지나 두물머리까지 왔다. 두 물이 합쳐지는 현장의 파동을 바라보며 거목이 된 수백 년 연륜의 느티나무 밑 벤치에 앉는다. 합쳐지는 물소리가 들리는 것 같다. 우리는 다시 서로 껴안는다. 가슴 뛰는 소리가 합수하는 소리 같다. 두물머리의 석양빛도 우리들 가슴속으로 파고들고 있었고 멀리 고속화 도로에서 들려오는 소음이 아직도 우리가 사람 사는 현실 세상에 살고 있음을 말해주고 있었다.

 링링이 나에게 첫째 부인의 일이며 기타 다른 그간의 일을 묻는다. 내가 보낸 책으로 짐작은 하고 있었으나 어떻게 된 일인지 그 과정을 묻는 것이었다. 지난 일들을 이야기 하지 않을 수 없었다. 직장에서 나와 사업을 시작하자 맞은 IMF사태, 그리고 겨우 안정을 찾았나 싶었는데 다시금 찾아온 미국 금융 붕괴 사건의 파동. 그 상태에서 돌연 세무 당국에 휘둘려 사업을 접은 이야기 그리고 그 후에 이어지는 고통과 체념의 날들 그리고 그 끝에 숙에게 찾아온 치매라는 시련 등, 이들 일련의 과정은 아마도 나의 인내를 시험하는 하늘의 행위였을 것이라는 나의 생각까지 이야기하였다. 듣는 링링이나 말하는 나나 흐르는 눈물에 손이 자꾸 눈으로 간다.

날이 저물어 가고 있었다. 집으로 가자. 나는 링링을 데리고 집으로 왔다. 숙의 사진이 방마다 놓여있고 입던 옷들이 아직 드레스룸에 걸려 있는 집으로. 그 집에는 링링이 나에게 선물한 찻잔이 있고 링링이 첫째부인에게 예물로 가져온 옷감으로 제작한 분홍색 숙의 옷이 아직 걸려 있는 집이었다. 두 부인이 만나고 있었다. 목욕을 하고 잠옷으로 갈아 입힌다. 숙이 입던 비단 가운이 있었기 그것으로 갈아 입혔다. 나에게 묻는다. 부인이 입던 옷을 자기에게 입히는 이유는 부인이 연상되고 추모되어 그런 것인가하고. 나는 답한다. 당신도 부인이라고. 나에게는 첫째 부인이고 둘째 부인이고 구별은 없다고. "산은 산이고 물은 물이다."라고. 나에게는 부인은 모두 같은 부인일 뿐이고, 옷은 옷일 뿐이라고.

외설악 입구에 있는 권금성 케이블 카를 타고 링링과 나는 정상을 향해 오르고 있었다. 40년 전 우리는 약속을 했었다. 설악산이라는 한국에서 제일 아름다운 산을 같이 오르자고. 우리가 그 약속을 지금 이행하고 있는 것이다. 케이블 카에서 내려 손을 잡고 한참을 걸어 올라 거대한 바위들이 하늘을 향해 도열해 있는 권금성 정상에 도착했다. 멀리 속초 앞 바다의 푸른 물이 햇살에 반짝이는 것이 보이고 발 아래 깊은 계곡에서는 한여름의 짙은 푸르름이 피어 오른다. 사진을 찍는다. 커다란 바위들 사이에 몸을 집어넣고 우리는 서로 열심히 찍어 주고 있었다. 링링이 손을 잡아 온다. 같이 셀프 사진을 찍자고 나를 이끈다. 오래전 약속을 늦게나마 이행한 증거를 남기려는 듯.

저녁 무렵 영랑호에 갔다. 내가 숙과 영랑호에 갈 때마다 들려 식사를 하던 레스토랑 Lago는 산불로 타서 일대가 폐허가 되어 있었다. 나의 추억을 남김없이 쓸어 간 화재 사건의 현장 옆 호수 위에 배다리가 건설되어 있어 넓은 호수를 가로지르고 있었다. 그곳으로 갔다. 마침 석양 무렵이라 푸른 하늘에 석양 빛이 내려 앉아 울산 바위를 꿈같이 물들이고 있었고 호수 위에는 분홍빛 물결이 멀리까지 이어지고 있었다. 나무관세음보살!

문득 인근 보광사에 모셔진 스리랑카의 옥을 다듬어 조각한 관세음보살 상이 생각났다. 우리는 보광사를 찾아갔다. 입구를 지나쳤는지 몇 번인가 일대를 차로 돌다가 동네 사람에게 물어 겨우 찾을 수가 있었다. 보광사 경내에 연꽃이 가득 핀 연못이 있었고 그 반대 편에 대웅전 건물 옆에 비스듬히 누운 와불이 있었다. 비스듬히 누어 있는 관세음보살이다. 신라 화랑 영랑이 말갈에 잡혀 갔을 때 그의 동료 낭도, 안상이 이곳 뒷산에서 관세음보살을 친견하고 영랑 구출을 보살께 간절히 간구한 결과 가피를 입어

포로로 말갈에 붙잡혀 있던 영랑을 무사히 구출하여 생환시킨 사건의 현장이다. 그 사건 기록으로 보이는 흔적이 이곳 뒷산 바위에 남아 있다. 우리 역시 관세음보살의 가호로 다시 만나게 되었음에 관음상 앞에 서서 두손 모으고 허리 굽혀 감사를 표하고 있는 것이다. 링링은 더욱 감개무량 했는지 관음상 앞을 떠나지 못한다. 40년이라는 기나긴 세월은 오늘의 만남을 위한 공덕 쌓기에 필요한 시간이었나? 인연의 고리는 공덕의 정도에 따라 바뀌어 가는 모양이다. 마치 봉오리를 살짝 벌리고 막 피어나기 시작한 저들 연꽃처럼 봉오리가 맺힌 후에도 수많은 기다림의 시간이 지나야 어렵게 꽃이 피어나기 시작하나 보다. 그러기에 꽃잎 한 잎 한 잎이 그토록 오묘하지.

밤이 되었다. 우리는 장엄할 것이 틀림없을 설악의 별들을 보러 밖으로 나간다. 그러나 하늘에는 별들이 없었다, 분명 맑은 하늘임에도 별을 볼 수 없는 것은 지상의 과도한 밝은 불빛 때문이리라. 그래도 거목들이 자리 잡은 길옆 숲은 어둡고 설악의 장대한 품은 깊기만 했다. 우리는 아무도 다니지 않는 설악의 어두운 숲길을 두 손을 잡고 걸었다. 아무 말도 없이. 40년 동안 묵언 수도해 온 수도사들이어서 말을 잊은 양 우린 계속 침묵을 이어갔다. 무슨 말부터 해야 하나? 너무나 할 얘기가 많은데 어떻게 실마리를 풀어야 할지 몰라 침묵은 이어졌다.

내가 "여보!"하고 부른다. 링링이 안겨 온다. 그렇다 링링은 일찍이 나를 '여보'라고 부르고 싶어 했었다. 그러나 한 번도 불러보지 못하고 40년이 지나간 것이다. 나뭇잎을 스치는 바람 소리, 흐르는 시냇물 소리가 우리들 대신 이야기를 시작한다. 잘했다고, 잘 기다렸다고 이제는 자유라고. 인제 우리들의 때라고. 링링의 남편이 어떻게 되었는지 나는 묻지 않았다. 아무려면 어떠냐 우리는 인연으로 다시 만났다. 호텔로 돌아갔다. 욕조에 물을 받아 놓고 몸을 담그며 내 등을 씻어 달라 하니 잠시 멈칫하더니 이내 그러마 한다. 등이 시원해진다. 침대가 둘이 있어 각자 자자하니 링링이 한 침대에 먼저 들어가며 그리로 들어오란다. 내가 그리로 들어간다. 링링을 안는다. 이제 나이들어 안는 것 만으로도 족하다. 링링이 파고 든다. 입을 맞춘다. 젊은 시절의 흥분은 아니더라도 충분히 우리는 사랑을 표현하고 있었다. 나는 다리가 긴장되는 것을 느끼고 감은 다리를 푼다. 다리에 쥐가 날 가능성이 있기 때문이었다. 아니나 다를까 그날 밤 잠자다 기어이 다리에 쥐가 나 나도 모르게 소리를 지르며 깨어났다. 링링도 깨어났다. 40년 전에 없던 현상을 지금 경험하고 있는 것이다. 40년이라는 시간이 가져온 내 몸의 변화다. 링링이 놀란다. 운전을 오래하고 산을 오르고 하였으니 평소 같으면 뜨거운 물에 다리를 담그고 근육의 피로를 풀어어야 하는데 호텔 방의 물이 따뜻만 할 뿐 뜨겁지 않아 피로를 풀 방법이 없었던 것이 급기야 쥐로 나타난 것이다. 그 뒤론 이웃한 침대로 나는 옮겨 40년 만의 여행 그 첫날밤을 우린 그렇게 보내었다.

　다음 날 새벽 동해 일출을 보려 어두움 속에 호텔을 나섰다. 밝아오는 동편 하늘을 보며 한 30분쯤 달려 청간정에 도착했다. 고려 때 세워진 이 오래된 정자에서 새 아침에 떠오르는 해를 링링과 함께 맞이하며 정자처럼 긴 시간을 같이 하게 되기를 기원하려는 것이다. 동녘 하늘 한 곳이 붉어지더니 이내 번쩍이는 해가 봉긋 머리를 내밀고 황금색 파도가 빛의 속도로 가까이 와 우리 앞에 머문다. 나는 나도 몰래 천년 바위를 노래한다. "이제는 아무것도 그리워 말자. 생각을 하지 말자. 세월이 오가는 길목에 서서 천년 바위 되리라." 그리고 보니 우리는 지금 세월이 오가는 길목에 서서 세월을 붙잡으려 하고 있는 것이었다. 세월을 붙잡을 수 있는 것인가?

　돌아오는 길에 미시령 인근에 있는 화암사에 들렸다. 주차장에 차를 세우고 걸어 오르는데 길 양편에 고승들의 오도송과 열반송을 기록해 놓은 석비들이 도열되어 있었다. 열반하며 커다란 원 하나를 그려 놓고 떠난 경허 스님의 오도송, "고요한 밤 물고기가 달 읽는 소리, 새들이 천문을 얘기하는 모습"이라 설한 바도 있었고 법관을 지내다 출가하며 철저히 속세와의 인연을 끊은 효봉 스님의 것도 있고 "산은 산이고 물은 물이었다."라고 노래했던 성철 스님의 "한 송이 붉은 해가 푸른 산에 걸려 있네."하는 열반송도 있었다.

링링은 열심히 사진을 찍는다. 거의 모든 시비들을 담고 있었다. 한자로 쓰여 있는 시들이기에 그 뜻이 더 직접적으로 링링의 마음을 파고 들었나 보다. 한 곳 휴정대사의 시비에 "달궈진 화로에 내리는 한 송이 흰눈"이라는 구절이 눈에 들어왔다. 마치 지금 우리의 모습을 보는 것 같았다. 녹아 없어질 운명임을 알면서도 그곳에 내릴 수밖에 없는 운명, 그런 것이라면 고민할 것 없이 바로 화로 위로 내려야 하는 것 아닌가?

호텔로 돌아와 아침 식사를 마치고 우리는 수영복을 챙겨 해변으로 떠났다. 수영을 할 줄 모르는 링링이지만 동해 바다에 데리고 가고 싶었다. 영겁의 시간 속에 변함 없는 파도의 얘기에 귀 기울이게 하고 싶었기 때문이다. 차 안에서 링링은 아침에 본 오도송과 열반송에 대해 계속 얘기하며 희열에 차있었다. 내가 제대로 번역해주었는지 의문이 들지만, 그런대로 뜻을 이해한 것 같았다. 아니 한자로 쓰여 있는 부분도 있었기에 아마 나보다 더 잘 이해했을 수도 있었겠다. 내가 계속 마음이 쓰이는 "달궈진 화로"에 대해서는 별로 신경이 안 쓰이는 듯했다. 자기는 '달궈진 화로가 아니라 냉철한 이성적 판단으로 우리의 미래를 보고 있다.'는 것인가? 아니면 '이미 달관하여 마음 가는대로 행해도 아무런 거리낌이 없는 것인가?' 아니면 '앞길에 무엇이 놓여 있던 어떤 대가를 치르고서도 이제 뒤로는 가지 않겠다는 뜻인가?' 하긴

살날이 얼마 남지 않은 우리들에게 무엇이 더 족쇄가 되랴. 40년 전에도 링링은 세상의 시선에는 전혀 신경을 쓰지 않았었다.

해변에 가림막을 하나 빌려 짐을 풀었다. 언제 준비했는지 자외선 차단제를 꺼내 내 몸에 발라준다. 이번에는 내가 링링의 몸에 발라준다. 마치 오랫동안 기다렸다는 듯이 다소곳하다. 같이 파도를 탄다. 세상의 리듬에 맡기고 아무 걱정없이 우리는 노래하고 있었다.

링링이 말을 꺼낸다. 시카고에 갔을 때 같이 배를 타고 갑판 머리에 누워 미시간호를 항해하던 일이 생각나는가 묻는 것이었다. "아! 시카고? 그래 그날 맑은 가을날 우리는 하얀 요트를 타고 시카고강을 순회한 후 호수로 나와 푸르고 순수한 햇살을 만끽하였었지. 우리는 손을 잡고 뱃머리에 누어 꿈을 꾸고 있었어. 이루어질 수 없는 둘만의 꿈을." 우리는 알고 있었다. 우리의 미래를. 그러면서도 이내 닥칠 미래를 애써 부인하고 있었던 것이다. 그 덕분에 인고하는 침묵의 40년이 흘렀다. 그 정도 인내하고 갈망하였다면 이제 같이 있을 자격이 있는 것 아닌가? 링링은 지금 그것을 얘기하고 있는 것이다.

저녁 시간이 되었다. 설악항 해변에 나가 그네 의자에 앉아 파도 소리에 귀 기울인다. "우리가 100세까지 살 수 있을까?" 링링이 이야기를 꺼낸다. 아니 "살 수 있다."고 강조한다. 그래야만 되는 것이었다. 그동안 침묵으로 인내하며 기다려 온 시간은 잊더라도 최소 그 반이라도 같이 살아갈 수 있다면 족한 것이다 라는 것을 링링은 얘기하고 싶었을 것이다. 그렇다고 같이 살 수도 없다. 그녀는 타이페이로 가야 하고 나는 가끔 왔다갔다 할 수 있을 뿐이었다. 여행이라도 자주 다니자고 하였다. 그래봐야 몇 번이나 갈 수 있으랴! 한국에 묻히고 싶을 터인데 그럴 수 없을 터이니 살아 있을 때 한국 내 여행을 자주 가자하여 11월에도 지리산 단풍 여행을 하기로 하였다. 또다시 이별의 슬픔을 잉태하고 있는 것 아닌가? "슬픔은 기쁨이 몰고 온다."고 하였지?

링링이 명상 공부를 하러 경주의 어느 사찰에 간다는 것이었다. 한국에 오기 전부터 계획되어 있던 일정이라 했다. 명상하러 간다는 사람에게 나도 같이 가자 할 수도 없어 혼자 보내고 나니 나는 다시 혼자가 되었다. 내가 무언가 소식을 전하면 명상에 방해될 듯하여 통신도 자제하겠다 하니 그러면 오히려 무슨 일이 있는지 염려되어 명상에 방해된다며 아침에도 저녁에도 소식을 전해 달라 하였다. 그래서 잠에서 깨어나면 제일 먼저 '일어났다' 소식 전하고 잠자러 들어갈 때 '이제 침대로 간다.'하고 알림을 보냈다. 노인이 되었으니 '밤 사이 안녕'하고 인사하지 않으면 안부가 걱정이 되나 보다. 링링은 이렇게 명상의 바다에 잠겼다.

이렇게 며칠이 지났다. 일각이 여삼추라더니 하루 지나기가 너무나 어렵다. 책을 읽는다. 무엇을 읽었는지 지나고 나니 하나도 생각이 안난다. 링링은 명상을 같이 했던 분과 친교를 맺었는지 나더러 부산으로 오라고 한다. 그녀와 부산에 가고 싶다는 것이었다. 그녀에게 내 이야기를 했는지 형님으로 부르는 그녀가 나를 보고 싶어한다는 것이었다. '오라면 가야지. 오지 말라 하는 것보다야 좋지 않은가?'라 생각하고 그러리다 답변하였다. 부산에 있는 어느 스님이 운영하는 호텔이라며 그곳으로 오라고 한다. 이름을 들으니 여러 해 전 한번 묵었던 곳이다. 뒤돌아보지 않고 부산으로 내려갔다. 나의 작은 차가 잘도 달린다. 링링은 호텔방을 잡아 놓고 형님으로 부르는 분과 같이 기다리고 있었다. 거의 백발이 다 된 그분은 몇 년 전 남편을 먼저 떠나 보내고 혼자 되셨다 했는데 나보다 약간 위의 연세이신 것 같았다. 오랫동안 불교적 명상에 정진하여 오신 분이라 얼굴이 관세음보살처럼 맑았다. 우리는 보는 순간 친해졌다. 이내 웃음꽃이 만발하여 마치 환하게 피어난 연꽃들이 방을 가득 메운 듯 하였다. 링링과 나의 만남이 귀한 인연의 결과이니 그 인연을 존중하라 권한다. 영랑을 구한 관세음보살이 다시 현신하신 것인가? 세상 떠난 사람을 빼고 세상에 남겨진 사람들끼리 모여 웃음으로 축하하며 인연이니 소중히 여기라 하는 것이다. 그 인연은 오직 인간 세상에서의 인연인 것인가? 하늘과는 상의하지 않은 사람들이 만들어가는 인연인 것인가?

링링은 며칠 뒤 타이페이로 갔다. 공항으로 이어지는 인천 대교

위에 내려 덮인 하늘은 세상의 인연이 아닌 천상의 것이 따로 있음을 보여주려는 듯 상상을 초월할 정도로 눈이 시리도록 아름다웠다. 11월에 다시 오기로 하였는데도 자꾸자꾸 뒤돌아보며 출국장으로 들어가는 링링의 모습이 무언가 불안하다. 여름날들이 덥기도 하다. 링링이 떠난 후 나는 멍하니 매일 매일 하늘만 보고 있었다. 가을이 점점 다가오고 있음을 알 수 있었다. 푸른 하늘엔 산 같은 거대한 흰 구름이 피어오르고 매미 소리는 높아가고 있었다. 곧 11월이 오겠지. 그러면 링링이 오겠지.

61.

아침저녁, 우리의 문안인사는 링링이 타이페이로 돌아간 후에도 계속 이어지고 있었다. 링링은 내가 자꾸 가슴에 손을 올리던 모습이 마음이 걸렸는지 건강진단을 받아보라고 권해왔다. 나 역시도 근래 들어 가끔 호흡이 가빠지는 현상을 경험하였기에 주저않고 병원을 찾아 검진을 받았다. 며칠 지나 연락이 왔다. 폐에 이상이 있는 것으로 보이니 다시 와서 CT촬영을 하라는 것이었다. 링링에게 알렸다. 링링이 오겠다고 연락이 왔다. 자기가 직접 현장에 참여해서 의사의 견해를 들어야 하겠다는 뜻이리라.

오랜 세월 하지 못한 부인 역할을 해야 하겠다는 의무감에 CT 판독일정에 맞춰 서둘러 온 링링과 함께 병원을 다시 찾았다. 이번에는 큰 대학병원에 가서 조직 검사를 해야 한다고 권하는 것이었다. 의심 가는 병(아마도 암)이 아니더라도 오래도록 항생제 치료를 해야 할 듯하다면서 우선 확실히 무슨 병인지 조직 검사를 통해 확인하는 것이 필요한데 자기 병원에서는 할 수 있는 여건이 아니니 대형 병원에 가야 한다며 일정을 예약해준다. 2주일 후로 잡혔다.

링링과 함께 또다시 집으로 왔다. 폐에 무슨 일이 있는지 모르니 같이 자도 따라따로 자는 듯 자자 하고 한 침대에서 잠을 청했다. 잠을 이루기 힘드는지 우리 둘 모두 뒤척이며 밤을 지새운다. 새벽이 되었다. 링링이 파고든다. 그래 서로 안아보자. 무슨 인연이 이런지 다시 만나자 마자 병마 소식을 듣게 되다니. 앞으론 안아 보는 것도 힘들지 모르니 실컷 안아 보자. 우리는 서로 힘 주어 껴안았다.

날이 밝았다. 우리는 산으로 갔다. 동네에 계곡수가 흐르는 산이 있었기에 손을 잡고 걸어 올라갔다. 약간 숨이 가쁜듯하더니 이내 괜찮아진다. 그래 원래 내 모습이야. 심하게 경사진 산을 오르면서도 숨이 차지 않던 나인데 이 정도의 가벼운 경사지에서 숨이 가쁘면 아니되지.

맑은 계곡수가 흐르는 곳 한 곳에 정자가 있었다. 우리는 정자에 앉는다. 나는 노래를 한다. 링링도 노래를 한다. 옛날 텍사스에서 같이 공부할 때 무대에 올라 노래하던 일을 회고하며 우리는 그때의 노래를 불렀다. '아리랑'도 부르고 '목장길 따라'도 같이 불렀다. "여보!" 내가 불렀다. 링링도 "여보." 하며 무너지듯 안겨 온다. 계곡수도 '여보 여보.' 하며 노래를 부르는 듯했다. 나도 부른다. "이제는 아무것도 그리워 말자, 생각도 하지 말자."

조직 검사일이 아직 여러 날 남아 있기에 문경 새재엘 갔다. 비가 많이 와서인지 계곡수가 콸콸 흐르고 여기저기 폭포수가 흘러내리며 정적을 만들고 있었다. 제1 관문을 지나 깊은 숲길을 걸어 올라갔다. 영화 왕건을 촬영한 세트장이 있었다. 우리는 그곳으로 걸어 들어갔다. 홍미로웠는지 링링은 '왕건이 누구인지, 태봉국의 왕궁예와 왕건은 어떤 사이였는지' 등 이것저것을 묻는다. 세트장에서 나와 또다시 계곡수 소리를 들으며 걸어 올라갔다. 한 곳에 이르니 휴게실이 있고 그곳에서 색소폰 연주 소리가 들려 오고 있었다. 홍이 일었다. 우리도 들어가 볼까? 연주 솜씨가 일품이다. 우리도 한 곳에 자리 잡고 앉는다. 갑자기 일월담 생각이 났다. 대만 청춘 남녀가 많이 찾는다는 일월담에 같이 가기로 약속을 했었는데 가지 못한 우리다. "일월담은 언제 가지?" 내가 묻는다. "곧 가야지. 그러나 병원부터 가고." 링링이 대답한다. 내가 치료를 포기하고 운명을 기다릴까 보아 걱정하는 것이다. 근래 치료약도 많이 나와 있어 폐암 정도는 걱정할 일이 아니라며 격려한다. "절대 포기 하지 말아. 내가 있는데 나를 두고 혼자 먼저 가려고!"

"그러면 미워할 거야."

조직검사를 위해 입원을 했다. 링링이 굳이 따라와 보호자로 등록하고 팔찌를 받아 팔에 낀다. 얼싸안고 있는 우리를 보고 간호사들이 "잠시도 떨어지면 안 되는 사이"라고 명명했다. 2박 3일의 기간 동안 여러 검사를 하였다. 폐 기능 검사, 폐 X-선 촬영, CT 촬영 등을 거친 후 폐를 직접 찔러 조직의 일부를 떼어내는 검사가 실시되었고 결과는 기존의 의심을 공고히 해주는 것이었다. "다행히 뇌까지는 전이가 안 되었네요. 신체의 다른 부위에 전이가 되었는지 별도의 검사를 해야 합니다." 그래서 또 검사를 하느라 입원을 하루 늘려 총 3박 4일 입원하게 되었다. 마지막 날 저녁이었다. 암 확진을 받았으니 걱정도 될법한데 잠만 잘 자고 일어나 또다시 금식을 하고 12시가 다 되어 전이 여부를 검사하는 전신 촬영을 하였다. 살 만큼 살았으니 생명에 연연할 필요가 없는 것이었다. 하늘이 부르신다면 웃으며 갈 것이다. 뇌까지 전이를 막고 손발이 움직이는 정도의 상황이 5년만 나에게 주어진다면 나는 못다한 나의 필생의 작업을 마칠 것이다.

일단 링링은 또다시 떠나갔다. 다시 오겠다며 그러나 기약 없이. 현직 변호사인 그녀 직업 상 고객들을 등한시할 수 없는 일이었다. 말없이 서로의 얼굴을 한참 비비곤 소식 달라며 그녀는 떠나갔다. 무언가 말할 듯 할 듯하였지만 끝내 아무 말 없이 축 늘어진 어깨를 보이며 그녀는 떠나갔다.

누군가의 장례식장이었다. 링링의 장례식장임이 분명했다. 장면이 또 바뀌어 석조 무덤들이 마을을 이루고 있는 곳에 내가 있었다. 오래전 손잡고 걸으며 죽어서도 같이 있기는 힘들 것이라 했던 바로 그곳이었다. 내 손에는 편지가 들려 있었다. 링링이 죽기 전 상속 관재인에게 맡겨 놓은 편지였다. 편지를 뜯었다. 안에는 곱게 접은 편지지 안에 명함같은 별도의 종이가 들어 있었다. 링링의 로고가 밑 바탕에 인쇄되어 있는 하얀 종이에는 단지 한자 '愛'라 쓰여 있었다.

사람들이 많이 모여 있다. 멀리서 링링이 나를 향해 오려고 애를 쓰고 있으나 도무지 앞으로 나오지 못한다. 내가 손짓을 하고 링링을 향해 가까이 가려 하는데 나 역시 도무지 움직일 수 없었다. 링링이 점점 사람들에 휩쓸려 멀어져 간다. 나의 사진이 걸려 있는 식장 앞에 가족들이 줄지어 서 있고 사람들이 악수를 하고 있다. 어떤 사람들은 내 사진 앞에서 향을 피우고 묵념을 한다. 황의종의 아름다운 인생길이 연주 되고 있었다.

숙이 나를 부르는 손짓을 한다. 그래 내가 갈게. 순간, 숙한테 가야 할지 링링에게 가야할지 머뭇거려진다. 누구에게 가야 하나.

여보! 내가 소개할게. 이제 둘이 손 잡아줘. 당신이 떠나던 날 보여 주었던 눈동자는 모든 것을 벗어 던진 해탈의 그것이었어. 아니 모든 것을 용서하는 자비로 가득 빛나는 눈동자였어. 무심히 흘러가는 구름 같았지. 숙이 이야기한다. "아니, 나는 다 알고 있었어. 미국 체재기간 동안 당신에게 무언가 의심스런 일이 있었다는 것을. 그러나 그 후로 당신이 절제하고 오로지 한길을 걸었다는 것을 알기에 모두 용서하였었지. 이제 제2부인도 받아줄게. 그 사람은 그동안 얼마나 고생하였을까? 마음 졸이고 살며 하루도 편하지 않았을 터인데 이제라도 마음 편하게 지내게 해야지. 걱정 말아." 링링과 숙이 서로 끌어안는다. 모두가 연기 속으로 사라진다. 나도.

- 끝.

〈에필로그〉

끝까지 읽어 주신 독자들께

　이 글은 나의 자전적 이야기입니다. 일부 상상력을 동원해 이야기의 완성도를 높이려 한 부분도 있으나 전체적으로 내가 겪어온 세월, 나의 모습을 기록한 것입니다. 비록 부족한 삶이었지만 그래도 혹시나 후대에 도움이 될까 하여 죽기 전 남기려고 노력하였습니다.

　특히 치매가 찾아 온 처의 간병기를 통해 같은 상황에 처해 있는 분들에게 실제 있었던 일을 알려 주는 것은 사전 오리엔테이션과 같아 그들에게 실질적인 도움을 줄 수 있으리라 생각했습니다. 무엇인가 세상에 남긴다는 것은 어쩌면 태어나서 죽는 존재로서의 사람의 의무이기도 합니다.

　그 삶이 좋았던 나빴던 판단은 독자에게 맡기고 삶 자체를 기록해 놓는 것은 조선 시대 왕들의 일상을 기록해 놓는 것이나 마찬가지로 중요하다고 생각했습니다. 끝까지 읽어 주셔서 감사합니다.

2025년 늦가을

김 영 수 올림.

김영수 장편소설

그 눈동자

초판발행일 2025년 11월 15일

지은이 : 김영수
발행인 : 김순진
편집장 : 전하라
디자인 : 김초롱
펴낸곳 : 도서출판 문학공원
등 록 : 2004년 3월 9일 제6-706호
주 소 : (우편번호 03382) 서울 은평구 통일로 633
　　　　녹번오피스텔 501호 스토리문학사
전 화 : 02-2234-1666
팩 스 : 02-2236-1666
홈페이지 : https://blog.naver.com/ksj5562
이메일 : 4615562@hanmail.net

※ 책값은 뒤표지에 있습니다.
※ 저자와의 협의에 의해, 인지는 생략합니다.